宋词

是一朵情花

李会诗 著

两宋词人与他们的

大时代
Song Ci

陕西师范大学出版总社　西安

图书代号　WX24N2538

图书在版编目（CIP）数据

宋词是一朵情花：两宋词人与他们的大时代 / 李会诗
著 . -- 西安：陕西师范大学出版总社有限公司，2025.3.
ISBN 978-7-5695-5104-4

Ⅰ. I207.23

中国国家版本馆 CIP 数据核字第 202501MQ10 号

宋词是一朵情花：两宋词人与他们的大时代

SONGCI SHI YI DUO QINGHUA：LIANG SONG CIREN YU TAMEN DE DA SHIDAI

李会诗　著

出 版 人	刘东风
项目统筹	刘　定　徐小亮
策划编辑	邢美芳
责任编辑	王西莹
责任校对	张　佩
封面设计	海云间
出版发行	陕西师范大学出版总社
	（西安市长安南路 199 号　邮编 710062）
网　　址	http://www.snupg.com
印　　刷	深圳市福圣印刷有限公司
开　　本	787 mm×1092 mm　1/32
插　　页	4
印　　张	11
字　　数	168 千
版　　次	2025 年 3 月第 1 版
印　　次	2025 年 3 月第 1 次印刷
书　　号	ISBN 978-7-5695-5104-4
定　　价	69.00 元

读者购书、书店添货或发现印装质量问题，请与本公司营销部联系、调换。
电话：(029) 85307865　85303629　　传真：(029) 85303879

千朵万朵
压枝低

宋代的精彩如一幅立体灵动的《清明上河图》！赵宋王朝的雍容华贵，才子佳人的婉转多情，皇室贵胄的风流艳史，文臣武将的掌故典藏，勾栏瓦肆的笑骂说唱，都印在了这幅展开的画卷上，着了浓烈的色，闪着跳动的光。

那是令人心生向往又徒添怅惘的时代！它经济昌盛，人均生活水平较高，不但出现了早市和夜市，还诞生了世界上最早的货币。它文化繁荣，整个社会都弥漫着对知识阶层的尊重，诗书画都达到了古代艺术的巅峰。辽道宗耶律洪基也忍不住感慨自己生在蛮荒之地进而希望"来世要做中国（宋）人"。优越的物质生活，自由的政治环境，终于培育出了前所未有的灿烂文明。

而宋词，正是这文明树上的硕果，皇冠顶上的明珠。

最初的宋词发源于筵席上文人们随手写就的唱词，写在灯红酒绿的欢场，写给轻歌曼舞的歌妓。渐渐地，随着宋朝的发展与进步，词里有了不同的韵味，男人志不能伸的郁闷，女人独守空房的哀怨。这情愫，世世代代都有，只是未曾有机会如此充沛地流露。"词言情"，是抒发心事的绝佳理由。再后来，滚滚长江，涓涓细流，文士们的寂寞，将士们的惆怅，家国之悲，身世之感，都缓缓注入宋词的大海，蜿蜒曲折，波澜壮阔，一路向前。而宋词也因吸纳了这丰富的历史、无奈的生活、命运的悲喜、四季的轮回，而显出各种样式的美。

桃红李白是美，枯藤老树也是美；倚门回首是美，壮怀激烈也是美。美是多样的，宋词的美尤其异彩纷呈。对尘世的眷恋，对人生的感叹，哀生计之奔波，悼恋人之远去，与知交把酒言欢，偕爱侣登临怀古……这些伤痛与欣喜，和着连绵起伏的音律、含义隽永的语言，写进一首首优美的宋词中，融化在千年的时光里，凝固在历史的画廊中。经风雨而妖娆，历岁月而弥香。

如果说宋代是一幅《清明上河图》，那么宋词便是绣在画卷上的情花，绰约多姿，楚楚动人，吸引人们去靠近、欣赏、品味她的"美"，体会其间的"情"，让世间人肝肠寸断却乐于执着追求。世间有情，而后有词。

如果说宋词是一朵情花，那么时间就是最好的灌溉。北宋有从容娴雅的气度，南宋有风雨飘摇的惊惧。还有，江山初定的胜利，盛极而衰的转折，终究灭亡的结局，王朝的兴旺败落，在宋词中都有充分的描摹。而宋词的发展，也有自身的规律：破土而出的惊喜，枝繁叶茂的葱郁，行云流水的潇洒，亡命天涯的悲戚。其间的欢乐与忧愁，皆化作段段词香，簌簌衣巾，落满情花朵朵。

喜欢宋词，喜欢宋词里广阔的历史天地、永恒的爱情主题、复杂的人生况味，还有词人们多彩的经历、不朽的传奇。读宋词，要读出词中的清秀和雅致，也要读出词人的品格和气度，更要读懂他们背后的落寞与潇洒、困惑与尴尬。宋词的背后藏着许多故事：莫名的心动，难忘的相遇，痛苦的抉择。这些都是生命成长的必经之路。所以，在挑选本书的词与词人时，我希望能收集更多的词作，借由领悟前人的心血和智慧，为读者朋友提供多元的阅读视角，以期领略宋词中的美好与深情，更全面地理解古人充沛饱满而又富有诗情的人生。

由此，请翻开泛黄的书页，释放无尽的词香。

第一章 ————

庙堂奇高
江湖不远

见天地与见自己

——李煜

　　继位之前的李煜是一个开朗活泼的青年。他天生异相，"一目双瞳"（每只眼睛都有两个瞳孔），按古人的说法，此乃大富大贵之命。但此事放在皇家却犯了忌讳。因为李煜虽为中主李璟第六子，可二哥到五哥都早早亡故，皇位的储备人才只有大哥和他两个人。翻开史书，从秦二世胡亥矫诏杀扶苏，到唐朝的玄武门之变，每次的皇储之争几乎都会引起骨肉相残的悲剧。但李煜无心政治，为了让大哥安心登基，早早便远离了皇位的争斗，自我放逐，选择做个潇洒快活的贵公子。

　　　　浪花有意千里雪，桃李无言一队春。一壶酒，一竿身，快活如侬有几人。

　　　　　　　　　　　　　　　　　　　——《渔父》

一棹春风一叶舟，一纶茧缕一轻钩。花满渚，
酒满瓯，万顷波中得自由。

————《渔父》

这两首词描写的是李煜身为皇子时的幸福生活，浪
花似雪，桃李报春，挂一壶酒，撑一支竿，小舟在春风
中微微荡漾，赏花品酒，万顷柔波中独享自由的时光，
不禁得意放言：世间能有几人像我这样快活？在李煜的
词作中，没有金戈铁马，没有战火纷飞，只有轻松、快
乐和自由。那时候，他的眼里心里都只有自己。

李煜本来是不打算当皇帝的，但李煜的大哥为争夺
皇位害死了叔父，接着又因为内疚和恐惧不久便过世了。
李璟已无选择，公元 961 年二月，吴王李从嘉被立为南
唐太子。六月，李璟去世。七月，太子李从嘉即位，改
名李煜，史称南唐后主。短短几个月的时间，李煜在心
理上还没有做好准备，便从轻盈飘逸的快乐王子变成了
重任在肩的一国之君。

如果把南唐放在中国大历史的浩瀚星空下，它只是
一颗微光闪闪的小星。但在五代十国那个战乱频发政权

频更的年代，南唐历三代君主，治世近四十年，鼎盛时期曾有三十五州之地域，可算十国中的"大国"。但李煜即位时，南唐早已大不如前。李璟在位时，曾多次向邻国挑衅，结果惹得周世宗几次亲征南唐。为避兵乱，加上内部党争激烈，李璟不得已将都城从南京迁到南昌，最后就死在南昌。所以李煜即位时，一个内忧外患的南唐就是他手中的天下。

当然，"挽狂澜于既倒，扶大厦之将倾"的盖世枭雄确实存在，可惜不是李煜。李煜是"生于深宫之中，长于妇人之手"的文艺青年，善良多情，犹豫多疑，遇事容易放弃。这些性格上的弱点对任何帝王来说都是致命的。

据记载，南唐林仁肇曾是北宋忌惮的名将，作战眼光独到，军事见解深刻。北宋伐蜀的时候，他看出宋军战线绵延，久战必困，提出带兵出征攻宋之薄弱地带，以便收复南唐失地。李煜犹豫不决。林仁肇为了让李煜放心，安慰他说："等我起兵的时候，您就对外宣布我是拥兵叛乱。这样的话，如果成功，国家可以受益；万一失败，陛下就灭我九族，以证您的清白。"但是李煜犹豫了很久，怕惹怒宋朝，又怕无功而返徒劳师旅，终于没有答应。林仁肇空有报国之心，无奈李煜并无报国之志。

不仅如此，耳软心活的李煜，还中了宋朝的反间计，害林仁肇无辜丧命。事发于南唐使者到宋朝拜，宋太祖赵匡胤让部下领着使者去参观形似林仁肇的塑像，说林将军愿意归顺我大宋，用手一指旁边的宅院，说那个就是未来的林府。这位使者回去后就将此事密报李煜，李煜随后用毒酒毒死了林仁肇。从此，宋军再无忌惮。

开宝七年（974），宋太祖发兵征南唐，南唐节节溃退，第二年就灭亡了。李煜在应该相信忠言的时候没有相信，在不该轻信谗言的时候却信了。都说漫漫人生路，总要错两步，但这样的戏言对李煜来说实在太残酷。

> 樱桃落尽春归去，蝶翻金粉双飞。子规啼月小楼西。玉钩罗幕，惆怅暮烟垂。
> 别巷寂寥人散后，望残烟草低迷。炉香闲袅凤凰儿。空持罗带，回首恨依依。
>
> ——《临江仙》

据《西清诗话》记载，宋太祖兵临城下，李煜正在写这首《临江仙》，词还没写完，都城就被攻破。所谓"国破家亡之作"用在这里实在太贴切了。后来宋太祖嘲笑李煜说："若以作词工夫治国家，岂为吾所俘也。"其实，当时国家存亡悬于一线，李煜写词未必是在用功，说其钻研不如说其逃避。他毕生热爱文艺，除此之外别无所长，在那样的生死境遇，死又不敢死，活又不知道该如何活，他只好选择藏在最为熟悉的角落，抚慰自己的不安。

城破时，重臣陈乔曾劝李煜自尽，李煜不肯。陈乔是李璟也非常器重的人才，李璟曾指着陈乔告诉皇子们："日后国家有难，你们的身家性命都可以托付给他。"李煜做太子，陈乔是他的监国；李煜继位，陈乔总领全国军政。宋太祖攻打南唐，李煜让他去送降表，陈乔不去，说皇上要是怪罪就杀了我吧。李煜不肯。等到宋军最后攻城时，陈乔劝李煜背水一战，天下没有不亡的国家，投降只能自取其辱。李煜又不肯。陈乔无奈，自缢而亡，誓死不降。李煜活下来做了宋朝的俘虏，被封了个带有些侮辱意味的"违命侯"，从此开始了阶下囚的生活。

李煜在短短的人生中共经历了两次命运的转折，一次是继位，一次是亡国。两次转折，将他的人生分成了三段。第一段，他是自由快乐的皇子；第二段，他是面临内忧外患的皇帝；第三段，他是任人宰割的羔羊。

"国家不幸诗家幸""文章自古憎命达"，这两句话倒真是李煜一生的写照。当他还是皇子甚至后来做了皇帝时，他的词优美飘逸，浪漫华丽，香软甜腻。"红日已高三丈透，金炉次第添香兽，红锦地衣随步皱。""画堂南畔见，一向偎人颤。奴为出来难，教君恣意怜。"从金碧辉煌的宫廷到如花似玉的红颜，写得珠光宝气、生机勃勃。而当李煜成了亡国君阶下囚，他的词风转为沉郁哀婉，哽咽悲啼。

> 多少恨，昨夜梦魂中。还似旧时游上苑，车如流水马如龙，花月正春风。
>
> 多少泪，断脸复横颐。心事莫将和泪说，凤笙休向泪时吹，肠断更无疑。
>
> ——《望江南》

江南的富庶繁华唯有在梦中出现了，醒来后，只剩下纵横脸颊的泪水，和着悔恨难言的心事独自吞咽。从此，亡国之痛，故国之思，成了李煜写作和生命的主题，也成就了他"词帝"的美誉。李煜最为人耳熟能详的几首词全部作于这一时期。

> 帘外雨潺潺，春意阑珊。罗衾不耐五更寒。梦里不知身是客，一晌贪欢。
> 独自莫凭栏，无限江山，别时容易见时难。流水落花春去也，天上人间。
>
> ——《浪淘沙令》

绵绵的春雨，五更的寒冷，让这位昔日的帝王备感凄凉。他在梦中忘记了自己已经变成了"客人"，醒来之后才重新记起自己俘虏的身份，不禁感叹只有在梦中才能得片刻的欢愉。下片写不要独自凭栏远眺，无限江山，却再也望不到自己的故国了。想到从前的生活和如今的处境，真是天上人间的差别。

亡国后的李煜写了很多词，总是绕不开"故国"与"梦境"，如《相见欢》"无言独上西楼"、《破阵子》"四十年来家国"等，都是此类的翘楚。当然，其中最引人关注的还是《虞美人》及该词创作前后的种种传说。

南唐灭亡后，李煜名义上被封"违命侯"，实际上就是被软禁的囚犯。凄风苦雨，门可罗雀，很少与外界接触。有一次终于来了个旧臣徐铉，李煜一时激动，觉得总算能说说心里话了，于是拉着徐铉的手推心置腹，感慨错杀林仁肇，落得如此下场，抚今追昔，悔恨难平。徐铉临走时，李煜还叮嘱他有空常来坐坐。可惜，贰臣终究是贰臣，徐铉竟然是宋太宗赵光义派来的"卧底"，回去之后把李煜的思想情况如实上报了。宋太宗颇不高兴，这李煜整天跟旧臣们诉衷肠，很容易煽动故国人民的爱国情绪，威胁自己的统治。从此心里存下芥蒂，打算找机会把李煜解决掉。

当然，也有传说宋太宗最终除掉李煜，主要是看上了李煜的小周后。有说花轿抬走小周后，旬日才返。小周后深爱李煜，所以回来后跟李煜抱头痛哭。宋太宗为了断绝小周后的情丝，索性下狠心把李煜给杀了。也有说是因为宋太宗本身喜欢诗词，但写得总没有李煜好，因妒生恨，完全是"文人相轻"。无论什么原因，人为刀俎，李煜总是免不了一场厄运。

就在徐铉探视不久后，李煜迎来了自己四十一岁的生日。这一天恰好是浪漫的"七夕"。酒入愁肠，作为词人的李煜战胜了曾为皇帝的李煜，推杯换盏中，他几乎忘了自己的身份和处境，"命故伎作乐"，与她们共诉亡国之痛，并蘸着辛酸血泪写就了传唱千古的《虞美人》：

> 春花秋月何时了，往事知多少？小楼昨夜又东风，故国不堪回首月明中。
>
> 雕栏玉砌应犹在，只是朱颜改。问君能有几多愁？恰似一江春水向东流。

宋太宗被李煜怀念故国的情绪激怒，当夜赐下毒酒。相传毒药为马钱子，服后全身抽搐，头脚蜷缩直至死去，状极痛苦。李煜死后被宋太宗追封为吴王，但小周后终是不能忘情，悲伤过度，不久便香消玉殒。一首《虞美人》成就了李煜的千古盛名，也成了他的夺命词。

算起来，李煜从亡国到去世不过三四年光景，但这段时间的代表作最多，词学成就也最高。这些词都是从寻常情景入手，写春花秋月，写落花流水，写寒风冷雨。自然中最熟悉最平凡的情景，在李煜的笔下，变得别有况味：说不出的浓愁，化不开的忧郁，道不尽的楚楚动人！

自晚唐五代始，民间词开始逐渐转到文人的手中，抒情词数量随之大增，但雕琢词句产生的空浮乏力之气也越来越明显，几乎令"词"走上末路。直到后主李煜的出现，词学发展才产生了质的改变。尤其是李煜的后期词，音调通畅不拗口，语言朴实不弄典，更将自己独特的人生经历和感悟融入词中，开阔了词的意境，丰富了词的内容，对后来宋词的繁荣昌盛贡献巨大。

除了上述词史上的特殊地位外，李煜的词能够流传至今的最主要原因是其感情的真挚。无论是亡国前春光烂漫的快乐生活，还是亡国后沉痛哀婉的凭吊岁月，李煜的词都充满了诚恳动人的力量。初读后主的词，觉得他写的是自己亡国的痛楚，细读之下，才觉出有种隽永的美。以《乌夜啼》为例：

林花谢了春红，太匆匆，无奈朝来寒雨晚来风。

胭脂泪, 相留醉, 几时重? 自是人生长恨水长东。

李煜这首词写的是自己阶下囚的生活, 寒风冷雨既是对周围环境的描摹, 也是自己苦闷内心的写照, 但似乎又不止于此。对旧时光的留恋与无奈, 对青春年华一去不返的感慨, 似乎放到任何时空都能引起共鸣。"人生长恨水长东"写的是自然界的景物, 也是人们心底对青春终将逝去的共同的概叹与伤感。对故国的依恋如此, 对远游的旅人、分手的爱侣如此, 甚至扩大到所有回不去的时光, 人们都会产生类似的感触。

读同一首词, 却透过不同时代的眼睛读出共同的忧伤和不同的滋味, 或许这正是李煜词光耀千古扑面而来却丝毫不觉其陌生的原因, 也是其传诵至今的最深沉的魅力。

在众多的赞誉中，宋代圣人朱熹给予他的评价最高："宋亡而此人不亡，乃国朝三百年间第一人！"这个人就是宋初名士林逋。提到林逋，首先想到的就是他那首名垂千古，至今仍被人传颂的名诗《山园小梅》。

众芳摇落独暄妍，占尽风情向小园。

疏影横斜水清浅，暗香浮动月黄昏。

霜禽欲下先偷眼，粉蝶如知合断魂。

幸有微吟可相狎，不须檀板共金樽。

在这首诗里，林逋毫不掩饰自己爱梅喜梅的心理，将百花凋零后，梅花在严寒中恣意绽放、风姿动人的状貌描绘得活灵活现、栩栩如生。与"霜禽偷眼""粉蝶断魂"对比，他抒发着自己通过吟诗来接近梅花的窃喜，颇有男子借故亲近暗恋姑娘并得偿所愿的意味。当然，林逋对梅花的情谊不止于此，他不但咏梅、赞梅、爱梅，还敢于藐视常理违反常规，娶梅为妻，足见其迷恋梅花的程度已达常人难以理解的地步。这也是林逋一生最为人称怪的地方：梅妻鹤子。林逋一生未婚无子，植梅以为妻，养鹤以为子，与心爱的山园小梅共同度过了隐居岁月。

　　说到隐居，也是林逋一大奇事。古代文人其实一直有隐居的传统，但多是以隐居为手段，以做官为目的。他们胸藏万物，袖纳乾坤，目光高远，襟怀伟业，隐居只是为了低调地赚名气，攒人品，凑"粉丝"数，静待明君圣主的出现。常常是隐居没多久就被推荐出山，甫一入仕，便平步青云。但林逋的隐居却大不同。他以隐居为起点，也以隐居为终点，隐居是他生活的方式，也是他生活的目的。他不但拒不出仕，甚至连城门都不进，就躲在西湖边的孤山上过自己的潇洒日子。

　　正因如此，林逋诗词中的山、花、梅、草，才有了不同以往的别样趣味。古人咏春咏草多为托物言志，或以香草美人比喻君臣关系，或述怀明志表达自己志趣高洁，或哀伤怨叹感慨自己生不逢时，总之是寄情君主隆恩，牵挂社稷兴亡，很难有纯粹的咏物之作。而作为隐士的林逋，填词时没什么政治寄托，所以他的词才显得更加纯粹。

> 金谷年年，乱生春色谁为主？余花落处，满地和烟雨。
> 又是离歌，一阕长亭暮。王孙去，萋萋无数，南北东西路。
>
> ——《点绛唇》

这首《点绛唇》，从残破旧园入手，以"乱生春色"为该词定下基调，着笔迷离烟雨，遍地残花，勾勒出一幅凄凉的画面。下片开始便点明情之所系是为离愁。长亭是古人出行的驿站，"何处是归程？长亭连短亭"。既是送别亲友的无奈之地，也是翘首期盼他们归来之所。"王孙"在诗词里常用来比喻远行的人，举目远眺，荒烟蔓草，天涯路远。

　　芳草喻离愁，是古典文学的传统意象，"青青河畔草，绵绵思远道""又送王孙去，萋萋满别情"。人们用无处不生的春草，比喻自己无处不在的深情。年年生春草，南北东西路，处处凝结着真挚的感情，可谓轻柔婉丽，意韵缠绵。

　　这首《点绛唇》最值得称道的是，从荒芜的残园、杂乱的春色、遍地的落花，到日暮的长亭、蒙蒙的细雨，林逋将这些景色与离愁融为一体，全词不着半个"愁"字，甚至连"草"字都没有，却将这种萋萋别情写得淋漓尽致，实为咏物词中的佳作。故王国维先生赞其可与梅尧臣的《苏幕遮》和欧阳修的《少年游》并称为"咏春草三绝调"。

　　文学创作之外，林逋的隐居生活并不乏味，与宋初文人们接触颇多。彼时江山初定，一派勃勃生机。宋代皇帝对文人的政策又格外宽厚，正是有志青年摩拳擦掌一展宏图的大好时机。林逋虽退隐山林，但威望不减，三两旧友也常围炉夜话。烹茶煮酒，吟诗作对，文章天下，皆可佐为谈资。名士梅尧臣、名臣范仲淹，都是林逋的座上客。可见，林逋不在江湖，但江湖事尽在林逋指掌中。历来隐居者，或因官运不畅，或因避祸不出，或为谋求未来之仕途，故内心多有不甘、不安、不畅，而林逋从无上述问题，所以隐得怡然自得，潇洒自在，几乎可推为史上最善始善终的隐士。

不过，由于林逋不入仕不进城且不娶妻，所以有人揣测他可能是心有所属未能如愿，才选择独居山野与动植物相伴。印证此观点的便是林逋的另一首词作《长相思》：

> 吴山青，越山青，两岸青山相送迎，谁知离别情？
> 君泪盈，妾泪盈，罗带同心结未成，江头潮已平。

吴、越乃春秋时古国，在今江浙一带，自古山明水秀，风光无限。林逋这首《长相思》正是由此起笔。上片写景，着笔在山色，"吴山青，越山青"既写出了翠色山峦的美景，也体现出江南民歌复沓式的语言形式，可谓一举两得。第三句看似写景，但"送迎"二字已带出分别的意味，引出最后一句的"离情"。下片写情，从分别时"君泪盈，妾泪盈"写起，承接了上片末尾的离情，两个人同心结还没有打完，船儿就要起航去远方了，从泪水到江水，又将笔墨拉回到上片的山水之间。

该词上片写景，景中生情；下片写情，情寓于景。全词上下贯通，情景交融，意境圆润，确为闺情词佳作。至于林逋是否因为"罗带同心结未成"而怨念丛生，从此对爱情心灰意冷，甚至因此终身不娶，倒是没有确凿的说法。不过一直以来，林逋都是以不食人间烟火的隐士形象出现，而这首《长相思》却如忧伤淡雅的清风，为林逋的潇洒中增添了几丝无名的惆怅，也让林逋的形象在时人和后人的眼中变得生动饱满起来。

林逋一生存词三首，最著名两首，一是咏物绝唱《点绛唇》，一是闺情上品《长相思》，都是宋词中不可多得的佳作。但林逋的贡献不止于此。

作为隐士兼名士的林逋，从内在精神气质到外在生活方式，都流露出一种自觉的追求，为宋代词人多样化生活与发展提供了良好的范本。同时，他的作品一改唐五代时期浓艳香软的抒情词风，语言清新洗练，淡雅流畅，拓宽了宋词的风格，为宋词的最终繁荣贡献了最初的绵薄之力。因此，每谈宋词，始终越他不过。

"八仙过海"虽是传说，但"各显其能"倒是事实。汉钟离、吕洞宾等人传下来的道教，到了两宋时期得到了长足的发展，最著名的便是其第四代里的重要传人张伯端。张伯端生于公元984年，北宋人，字平叔，号紫阳，人称"紫阳真人"。又因著有《悟真篇》，所以也被称为"悟真先生"。

这位张真人自幼聪敏，饱读诗书，博学多才。他知天文晓地理，占生死卜吉凶，通书算懂刑律，精医道熟兵法，对儒释道三教的经书更是烂熟于心。用现代术语来说，张伯端属于跨领域跨行业的高级复合型人才！但不知什么原因，上天总喜欢开玩笑，这种才华横溢的人常常无法对付应试教育，在科举考试中频频"战败"。可怜张伯端满腹才华，大把青春，多年来却只能在衙门里从事"师爷"工作，扮演的始终是刀笔小吏的角色，实在令人惋惜。

好在张伯端本人倒不以为意，他很早就明确了寻仙访道的人生目标，所以平淡的生活显得也没那么乏味了。而真正促使张伯端放下尘事潜心道学的却是一桩小小的冤案。

《临海县志》里曾记载这样一个故事：张伯端非常喜欢吃鱼，某次在官邸办事，家里差人给他送饭，朋友们知道他嗜鱼如命，所以就把鱼藏起来逗他。他找不到鱼便怀疑是丫鬟偷吃了，回到家后重重责罚了送饭的丫鬟。丫鬟百口莫辩，含恨自尽。事情过去很久后的一天，他突然发现房梁上有蛆虫不断掉下来，仔细查看后，才发现是从梁上的烂鱼里掉下来的。他登时醒悟，原来那天朋友们将鱼藏在房梁上戏弄他，而自己竟然动怒冤枉了丫鬟，害她羞愧而死。张伯端不禁感慨："积牍盈箱，其中类窃鱼事不知凡几。"这种日常小事都能隐含巨大冤情，更何况府衙内无数的卷宗里，不知道还压着多少的冤案！想到这里，张伯端对职业的合理性产生了深深的质疑。对此，他还写了一首诗反思自己的从业生涯：

刀笔随身四十年，是非非是万千千。

一家温饱千家怨，半世功名百世衍。

紫绶金章今已矣，芒鞋竹杖经悠然。

有人问我蓬莱路，云在青山月在天。

　　张伯端总结自己的前半生，刀笔随身，是非万千，如今参透了这其中的得失，愿意放下一切，芒鞋竹杖到处悠游。云在青山月在天，从此去过自然、自由、自在的生活了。但是赋诗明志，似乎还不足以表达张伯端决定离开官场的决心。所以，他不但写了这首诗，还放了一把火，将所属案卷全部焚烧殆尽。

　　在宋代，焚毁文书属于违法行为，你觉得冤案很多主动辞职也就罢了，你不能把卷宗烧了搞得别人也无法办公啊，所以这场"离职纵火案"实在有些莫名其妙。不过宋代对读书人一向比较优待，所以只判张伯端发配边疆。张伯端倒是因祸得福，从此摆脱了官场的束缚，开始了自己全新的云游四海的生活！

　　公元 1069 年，张伯端遇到了一位世外高人——刘海蟾。刘海蟾其人甚异，据说有神通，能夏天穿棉衣不觉热，冬天穿单衣不觉寒，相当于一部"纯天然零污染全自动人体空调机"。这位刘海蟾很喜欢张伯端，于是将自己毕生绝学"金液还丹"传给了徒弟，从此，张伯端就从道学转为禅学，在寻仙访道上火速晋级。

通常情况下，道教遵循的是"道生一，一生二，二生三，三生万物"的顺序，但张伯端却主张"教虽分三，道乃归一"。他认为修行者应将"道教修命"与"佛教修性"结合在一起，从而达到通达彻悟的圆融境地，并最终实现"三教归一"。

当然，张伯端从来都不是只做空想的理论家，而是富有行动力的实干家。他知道卷宗里必然埋着冤案就上演了火烧府衙的大戏，现在既然知道了"性命双修"，那就必须修出个所以然来。

据说，张伯端的道友中有位高僧，也是个奇才，打坐入定的时候能够灵魂出窍，方圆几十里随便神游。用现下时髦的观点看，等于说肉体还在这个时空，但灵魂已经穿越到别处。张伯端自从得了刘师父真传后，一直在研习"性命双修"，碰到了这样厉害的道友，自然想切磋一下，于是相约一起去扬州赏花，并以"折枝"作为凭证。是日，二人依约打坐入定，先后神游到了扬州。不久，又先后穿越回来，慢慢睁开眼睛，欠身而起。张伯端从袖子里拿出刚刚从扬州折下的那枝琼花，和尚一摸袖子，空空如也，神游时折下的枝条竟然没能带回来。如此一来，自然是高下立见。

"神游"一事本就神秘莫测，被张伯端这么一去一回，倒是变得可信多了。弟子们非常热心，请教张伯端为什么和尚拿不出凭证。张伯端说，平常的修行都是只修性，练的是气法，属于"阴神"；而"性命双修"的妙处是"散则成气，聚则成形"，修的是"阳神"。阳神能够移动物体，所以张伯端能把花枝折下来还能带回来。这理论看起来也算简单，真去修炼却并不容易，既要讲根底，也要讲机缘，恐怕不是普通人所能领悟。

张伯端悟道后，写下了很多炼丹采药、修道悟法的著作，如《悟真篇》《悟真篇外集》《金丹四百字》等，都为后世道友提供了丰富的材料。除上述学习资料外，张伯端还经常利用业余时间进行文学创作。《全宋词》里现共收录张伯端两组《西江月》词，一组十三首，讲的

是道教修炼；另一组十二首，谈的是佛教修为。现各录
其一：

> 丹是色身至宝，炼成变化无穷。更于性上究真
> 宗，决了死生妙用。
> 不待他身后世，现前获福神通。自从龙虎著斯
> 功，尔后谁能继踵。
>
> ——《西江月十三首之十三》

> 法法法元无法，空空空亦非空。静喧语默本来
> 同，梦里何曾说梦。
> 有用用中无用，无功功里施功。还如果熟自然
> 红，莫问如何修种。
>
> ——《西江月十二首之四》

　　第一首词里，张伯端讲的是道家的修炼生活，尤其
展示了服下金丹身心变幻莫测且获得各种神通后飘然若
仙的感觉。第二首词里，张伯端谈论的是高深的佛理。
静默喧嚣在他看来都是一样的，于有用处见无用，于无

功里施功。说到如何修种自己的慧根，只有一句"果熟自然红"。如果说修道时的张伯端只是仙风道骨的道长，那么到了修佛时的张伯端，俨然已是端坐云霄的佛道大师了。世间法，人间梦，俗尘事，像果子熟透了就会变红一样自然，"修佛"也是水到渠成的事。

彻悟后的张伯端内心更加澄澈，他游历山川，寻仙会友，过着潇洒自在的生活。据《历代神仙谱》记载，晚年的张伯端浪迹云水，遍历四方，访求大道，已然超脱世俗的羁绊。

1082 年，近百岁的张伯端结束了自己的住世生活，趺坐而化，驾鹤仙逝。临终留偈：

四大欲散，浮云已空。

一灵妙有，法界圆通。

从最后的文字看，此时的张伯端已然"佛道双成"，达到了他所希望的"三教归一"，通达圆融的境界。相传，他圆寂火化后，弟子在其遗骨中，拾到上千颗舍利子，大如芡实，色皆绀碧，世所罕见。

　　作为道学家，他外炼丹药内修心法，终于在死后"位列仙班"。作为佛学家，他了生死出轮回，住世百年且留下近千颗舍利子，可谓功德圆满。张伯端一生修道学、悟佛理，皆有所成，毕生心血总算没有白费！

　　更为有趣的是，据说张伯端故去几百年后竟然还在"救人"。此人于病重时梦到张伯端来为自己治病，第二天醒来后，发现病症已然去了大半。为表达感激之情，他特地跑到白云观去祭拜紫阳真人。这位患者不是寻常百姓，而是大名鼎鼎的清代雍正皇帝。连雍正都认为张真人妙手回春手到病除，甚至在梦里都能治病，那百姓们更是趋之若鹜，纷纷效仿。

　　时至今日，北京白云观的香客依然络绎不绝，足见此事影响深远！

据说宋神宗生前观赏南唐后主的画像时，曾再三赞叹李煜的清俊儒雅，欣赏他的才华过人。结果有天夜里，他竟然真的梦到李后主来拜访自己。不久后，他的儿子赵佶便诞生了。赵佶诗文画兼通，颇有后主遗风。

在现代科学无法抵达的时代，"做梦"这种事显然是非常神秘的。周文王姬昌求才若渴时，忽然梦到飞熊扑来，惊醒后知是吉卦，于是遍访贤良，果然在次日出游时遇到渭水河畔的姜子牙，封侯拜相，成就一番伟业。更有传赵明诚做梦娶媳妇，梦到"词女之夫"四个字，后来真的娶了女词人李清照。各种证据显示，赵佶小朋友的"应梦而生"必然别具意味。其一，李煜文采风流，贵为真命天子；其二，李煜昏庸无能，导致国破家亡。而在这两方面，赵佶似乎都有不错的继承。

赵佶本是宋神宗之子，宋哲宗之弟。他天资聪慧，通晓诗画，是难得的艺术通才。作为快乐的皇子、优雅的皇弟，他将自己的时间和精力充分用在了繁荣业余爱好上，比如诗画，比如美女，比如蹴鞠。如果他能这样潇洒地生活下去，肯定会成为永垂不朽的艺术家。但历史拐点意外出现，宋哲宗患病驾崩，身后没留下任何子嗣，选拔继承人的问题成为国家面临的最严峻考验。

此时，朝野分歧很大。一方面，太后向氏推举赵佶当皇帝。向太后并不是赵佶的生母，但赵佶自幼孝顺聪明，每天都按时给太后请安，所以向太后心里非常中意赵佶。但另一方面，也有群臣进言，说赵佶为人"轻佻，不可以君天下"。可见赵佶小小年纪就在"人民群众"心目中留下了恶劣的印象。但向太后力排众议，最后还是选定了赵佶。

公元 1100 年，赵佶即皇帝位，史称宋徽宗。

宋徽宗是史上罕见的艺术天才，"能书擅画，名重当朝"。他擅长书法，开创了独具特色的"瘦金体"，修长挺拔，俊美犀利，堪称中国书法史上的绝唱，至今无人能出其右。他爱好绘画，创作了大量的书画精品，如《池塘晚秋图》《竹禽图》等，而《芙蓉锦鸡图》《腊梅山禽图》等御题画更是难得一见的传世珍品。他还创办画院，亲自指导工作，一时兴起会以古诗文命题，让大家即兴创作。

相传，某次宋徽宗莅临画院视察工作，发现一幅《斜枝月季花》画得十分精巧，于是重赏画作者。众人看后莫名其妙，不知道该画好在哪里。于是，宋徽宗解释说，月季花随着一年四季和每日早晚的时间不同，花叶花瓣花蕊呈现出的颜色和形状便不同。这位画家将春天、中午、怒放的月季花画得纹丝不差，故嘉奖之。众人听后无不叹服。学界始终认为"北宋绘画乃中国最完美的绘画"，应是与宋徽宗的大力倡导分不开的。

中国十大名画之一的《清明上河图》也是在此时完成的。张择端完成了这幅歌颂太平盛世的巨作后，首先呈给了宋徽宗。一方面，这是歌功颂德谄媚皇上的最佳时机；另一方面，宋徽宗是行家里手，他的赞赏无疑是对绘画者最大的肯定。果然，宋徽宗接到画作后非常高兴，在上面题了"清明上河图"五个字，成为该画的第一位收藏者。中国十大名画之一的《千里江山图》更是王希孟受到宋徽宗的指导才顺利完成，蔡京对此曾有过详细描述。

艺术水平的高低可谓是衡量国家富强的重要指针。只有衣食无忧的情况下，统治阶级才有理由倡导繁荣艺术，而普通民众也才有能力纷纷响应，创作更多的艺术作品。民不聊生饿殍遍地的时候，人们生活尚且困难，谁会有闲情逸致搞创作呢！

宋徽宗即位的时候，北宋刚刚经历了近一个半世纪的长足发展，基本已经走到了光辉灿烂的顶点。翻开宋代孟元老的著作《东京梦华录》，依然能够感受到北宋末年的繁荣昌盛。但顶点意味着繁华，也暗示着衰落。当年《红楼梦》中宁荣二府未及抄家已经只剩一副空架子，也是同理。从宋仁宗到宋神宗甚至宋徽宗，都曾渴望一振国威，但最后由于时代和自身的限制，往往改革失败。陈寅恪先生评价说："宋朝的皇帝太荒唐。除太祖太宗算是开国皇帝比较圣明外，其他的似乎一开始都想振作朝纲，但干着干着便走样了。"

尤其是到了宋徽宗这里，他耽于琴棋书画，又热衷蹴鞠，破格提拔"足球明星"高俅，一路委以要职。又传说竟然从宫里修了条地道通往妓院，以便与妓女私会，其荒唐程度备受指摘，被评为具备了史上所有昏君特征的皇帝。元朝宰相脱脱撰《宋史》中的徽宗本纪后，掷笔而叹："宋徽宗诸事皆能，独不能为君耳！"

其荒淫腐化终致北宋内忧外患，国内外矛盾集中爆发。

其实，自赵匡胤开国后，宋朝在军事上从没有真正强大过。一方面，宋朝重文轻武、经济富足的前提下，愿意对周边政权纳税称臣，用经济利益换政治和平，这基本符合中国古代的军事思想：不战而屈敌。另一方面，先是辽后是金接着是元，这些剽悍的民族擅骑射尚武力，希望通过攻城略地来扩大自己的版图。所以，不论北宋如何屈己从人，金朝的铁蹄终将如期而至，踩碎北宋柔弱的抵抗。

野蛮是野蛮者的通行证，文明是文明者的墓志铭。

1125 年，金联合北宋灭辽，随即开始攻打北宋。1126 年，金军长驱直入攻进开封，宋徽宗慌忙中传位于儿子，赵桓临危受命，继位登基，史称宋钦宗。彼时，宋徽宗其实已经从开封逃跑了。宋朝疆域虽没有大唐辽阔，毕竟还有半壁江山可以斡旋，所以宋徽宗打算南逃。

但是，身旁一众爱卿纷纷劝阻，估计也是"御驾亲征以壮军威"等老调重弹，不料竟真的把宋徽宗劝回来了。可惜，没得到什么扭转全局的胜利，却换来了被俘北上的命运。连同他一起被掳走的还有他的儿子宋钦宗，及后妃皇族等数千人。

1127 年，北宋灭亡，史称"靖康之难"。据《开封府状》统计，靖康之难时，徽宗有封号的妃嫔及女官共一百四十三人，无封号的宫女多达五百零四人。金人攻陷汴京后，掠走妃嫔，抢夺珠宝，宋徽宗都不动声色。等到金人焚烧劫掠他的书画后，他却感伤哀叹。所以有人说艺术的瑰宝在他心中实在比江山美人还重要。当囚车滚滚铁链锒铛时，他才真正明白"阶下囚"这三个字到底意味着什么。

据说在押解的途中，宋徽宗含泪写下这首《眼儿媚》：

玉京曾忆昔繁华，万里帝王家。琼林玉殿，朝喧弦管，暮列笙琶。

花城人去今萧索，春梦绕胡沙。家山何处，忍听羌笛，吹彻梅花。

　　词的上片回忆汴京繁华，琼楼玉宇，朝朝暮暮，歌舞升平。下片转入残酷的现实，再美的汴京以后也只能梦中相见了。边关羌笛阵阵，吹得心生寒意，从此不知江山何处，家乡何方。想起大宋一个半世纪的风光与繁华，不觉悲从中来，无处断绝。据说同行被俘的赵桓曾和诗一首，吟罢，父子二人抱头痛哭。

　　当年，宋徽宗诞生前，父亲神宗曾梦见南唐后主造访，生下赵佶后，发现其诗词书画无一不能，才华横溢丝毫不输李煜，而且发展更全面。可惜造化弄人，宋徽宗被俘后的命运比李煜还要凄惨。他众多妃嫔和女儿都被金人掠去，辗转流离，惨遭蹂躏，甚至几经买卖，多数死在北寒苦地，不得善终。

　　在被俘囚禁的最后岁月里，宋徽宗写了很多代表作，除了《眼儿媚》外，最著名的就数《燕山亭·北行见杏花》：

　　　　裁剪冰绡，轻叠数重，淡著胭脂匀注。新样靓妆，艳溢香融，羞杀蕊珠宫女。易得凋零，更多少无情风雨。愁苦。问院落凄凉，几番春暮。

　　凭寄离恨重重，这双燕，何曾会人言语。天遥地远，万水千山，知他故宫何处。怎不思量，除梦里有时曾去。无据。和梦也新来不做。

　　这首词被王国维先生看作是一封含泪的"血书"。词从期望到失望，进而转到绝望，最后回归中原的梦想破灭后，哀痛至绝，肝肠寸断。中原的气象，汴京的繁荣，江南的秀美，临安的旖旎，他都回不去了。宋徽宗一直期待儿子宋高宗能够来解救自己，用兵强马壮来战，用真金白银来赎，但直到他去世，这一愿望也没有达成。

　　相传，宋徽宗写完这首词后不久便离世了，带着对这世界的爱与恨，死在了白雪覆盖的黑土地上。他的遗骸在几年之后才跟随嫔妃韦氏（高宗母亲）回到了江南。

　　故土依旧，山河依旧，原来历史只是结束了他一个人的闹剧。

宋江宋公明是北宋末年的刀笔小吏，"体制内小公务员"，因罪获刑，被开除出"公职"。他"贼"心不死，逃到水泊梁山后，领导当地"社团"展开了声势浩大的造反活动，成为北宋末年最引人注目且不可忽视的"革命"力量。他本人深受广大人民群众的拥戴，被写进历史，成为名著《水浒传》中最受争议的人物。

宋江其人在当时有三个绰号：黑宋江、及时雨、孝义三郎。这三个绰号既概括了宋江的性格与外貌，也勾勒出宋江跌宕起伏的人生运势。第一，宋江身形矮胖，没有吴用儒雅，不如林冲挺拔，好在长得还算结实敦厚，黑黝黝的皮肤看上去非常健康。俗话说"人不可貌相，海水不可斗量"，这宋江虽然又矮又矬，却不穷。先不说他后来经营"梁山"产业创造的品牌价值和市场利润，单是之前对江湖人士的公益性资助就能看出其家底丰厚。

第二，宋江当年做官是押司，官阶不大，俸禄不多，放在现在大概就是乡镇政府里的秘书或办事员，相当于享受副科级待遇但没实权的小公务员。但宋江的老爸宋太公和哥哥宋清一直在家务农，规模很大，算是实力雄厚的"农民企业家"，所以不时资助宋江。宋江本人比较好客，喜欢结交各路朋友，而且很讲义气，无论谁遇到困难，他都愿意江湖救急送些银两，经常仗义疏财，扶危济困。久而久之，"及时雨宋江"便声名远扬了。他虽人不在江湖，但江湖上从不缺少他的传说。那个时代的人简单直接，那个时代的人表达感情也是简单直接，热烈奔放。江湖儿女都是些一腔热血随时可以为你肝脑涂地的人，宋江平时积累了大量的人脉资源，晁盖死后直接被推为"带头大哥"。

第三，也是最重要的一点，宋江身上背负着传统文化中最为人赏识的特征：忠孝。虽然古人所谓的忠孝多被现代人看成"愚忠愚孝"，但在纲常伦理比较结实的古代社会，忠孝仁义都被看作是最朴素的阶级感情。后来宋江"越狱"成功逃亡乡外时，他老爸竟然装病骗他回来，他为人极其孝顺所以秘密返回，结果不幸被捕。及至后来，宋江接替晁盖治理梁山，便将"聚义厅"改为"忠义堂"，其"忠孝"思想的根深蒂固更加显而易见。正因如此，宋江在造反伊始就带着不彻底性。

宋江落网后被判刺配江州，虽心有不服却不敢公然反抗。途经浔阳楼，恰逢醉酒，各种情绪涌上心头，于是大笔一挥，写下一首词：

自幼曾攻经史，长成亦有权谋。恰如猛虎卧荒丘，潜伏爪牙忍受。

不幸刺文双颊，那堪配在江州。他年若得报冤仇，血染浔阳江口。

——《西江月》

宋江感叹自幼攻读经史，长大精通权谋，那些为官之道，自己也非常明白。如猛虎卧在荒丘，蓄势待发，遇有风吹草动，只需潜心忍受。现在不幸脸颊刺字被发配到江州，心中积郁，他年如果我有机会向老天讨回公道，我必然要血洗浔阳江口。

写完之后，他觉得心里畅快了许多，但似乎还不够淋漓尽致，于是追加了一首诗：

心在山东身在吴，飘蓬江海谩嗟吁。

他时若遂凌云志，敢笑黄巢不丈夫。

——《浔阳楼》

大意是我宋江今天虽然人在江州，但心在山东。山东哪里呢？虽然没有点明，但意思非常明显，在梁山。那么落到今天这步田地，真是五味杂陈，感慨万千啊。早知今日何必当初，要是知道会落到如此境遇不如当时就造反直接上梁山了。日后我若能实现自己的凌云壮志，到时连黄巢我都不放在眼里。言外之意，黄巢也不如我宋江。黄巢是唐末农民起义军的首领，黄巢军队是压倒唐朝的最后一股雄壮的军事力量。宋江以此人自比，从朝廷的角度讲，自然是造反的意思。于是，宋江直接加刑，被判处死刑。但那些曾经被"及时雨"滋润过的好汉们自然不能坐视不理，于是他们组团劫法场，把宋江救上梁山。宋江从此落草为寇。

　　北宋末年，社会矛盾层出不穷。由于赵匡胤开国后的一系列政治政策，导致北宋政权、兵权和财权高度集中，土地兼并情况非常严重。加上北宋对外一直屈辱求和，对内管理却越来越严格，人们生活水平不断下降，民怨鼎沸。宋江就是在此时起义的。

　　起初，宋江等三十六人以"替天行道"为起义宗旨和办事方针，专门劫富济贫，杀贪官斩污吏，坚决与社会不良现象作英勇斗争。宋徽宗也曾派人"围剿"过这伙流窜分子，但由于宋朝军队多处于"养兵千日"阶段，缺乏实战练习，所以"用兵一时"之际显然敌不过这些身强体壮的梁山好汉。几次"围剿"失败后，宋江等人的名气愈加响亮，队伍扩展神速。

　　朝廷一看，这强攻恐怕是不能获胜了，不如智取吧。《东都事略》中提到官员侯蒙曾上书皇帝建议利用宋江来平息方腊的叛乱。于是，宋江很快收到政府高层放出的风声，说国家有意招安宋江这支队伍，如果他们能戴罪立功，帮助国家平定各方叛乱，就能转成正规编制的公务员。别看宋江自己夸口说对为官的那些权谋也是很精通的，但放到真正残酷的权力斗争中，他这个只当过小押司的人还真是不太了解政治的大风浪。朝廷一说招安，他就有些心动了。

宋江"孝义三郎"的这个绰号可不是没来由的，他自始至终都是传统社会"愚忠愚孝"的典型。当年刺配江州，虽然在喝多了的时候斗胆写了几句"反诗"，但骨子里始终非常保守。一直以来，在思想深处，宋江其实并不认同梁山好汉们的打打杀杀，他觉得这样的生活不是长久之计。作为梁山"一把手"，他认为自己应该带领大家奔向美丽新世界。而在他有限的人生观里，被国家招安，进入体制内就等于端起了"铁饭碗"，兄弟们从此就能衣食无忧，不用再打家劫舍了，这是多么美满的结局啊！于是，宋江迅速统一思想，决定投靠朝廷。

被招降后，宋江带领江湖好汉们各处征战，屡战屡胜，战功卓越。可惜后来征讨方腊时损兵折将，梁山军元气大伤，到最后只剩下寥寥数人。朝廷一看宋江已经不中用了，于是过河拆桥，赐了杯毒酒把宋江给毒死了。

最可气的是，宋江自知命不久矣，还故意把毒酒给好兄弟李逵喝了一半，说是怕自己死了之后李逵脾气差会为他造反，毁了他宋江一世的"忠义"。可见，宋江的愚昧已经到了独步天下、深入骨髓、令人发指的程度。也正是因为他个人性格的缺陷，一场轰轰烈烈的农民起义就这样风流云散了。

值得一提的是，虽然宋江的发迹史显得有些窝囊，但宋江的猎艳史较之同代男人却毫不逊色。宋江宠爱的女人正是鼎鼎大名的李师师。想当年宋江占山为王，跟江湖豪侠们大块吃肉大碗喝酒大分官银，那也是相当潇洒的生活。虽然不如皇宫生活那么精致，但山寨里的一呼百应也颇有些"皇帝"的气派，豪言壮语更是喷薄而出。

> 天南地北，问乾坤何处，可容狂客？借得山东烟水寨，来买凤城春色。翠袖围香，鲛绡笼玉，一笑千金值。神仙体态，薄幸如何销得！
>
> 回想芦叶滩头，蓼花汀畔，皓月空凝碧。六六雁行连八九，只待金鸡消息。义胆包天，忠肝盖地，四海无人识。闲愁万种，醉乡一夜白头。
>
> ——《念奴娇》

这首词是宋江写给李师师的。上片有对生活的把握，

买凤城春色，看美人浅笑，千金也值得。像李师师这般
神仙式的女子，普通人如何消受得起？从中可以看到宋
江当时满满的自信。但下片却转为对命运的无奈和彷徨。
自己以"忠义"著称，义胆包天，忠肝盖地，可惜四海
之内无人赏识。宋江说的赏识不是梁山兄弟们的认可，
而是国家最高权力机关的认证，是皇帝对自己的肯定。
平心而论，他最在乎的还是"编制"问题。愁绪万千，
不知如何排遣，干脆喝醉了才不会胡思乱想。

　　在梦里，他应该也做过加官晋爵封妻荫子的美梦吧！
也难怪，千古江山，万种闲愁，每个英雄美人的故事走到
最后，都不过是人生的一场黄粱梦，历史的一幕悲喜剧。

第二章

诗如淑女
词如闺秀

人类这一物种的血液里，始终流淌着喜欢讲故事和听故事的基因。在这点上，即便是名人也不能免俗。

据说苏轼小时候就非常喜欢听故事。某晚，一朱氏老尼抱着苏轼给他讲后蜀的生活，宫廷里富贵奢华，碧玉阑干，沉香珠宝，轻纱曼妙，仙乐连绵，皇帝和贵妃琴瑟和鸣、幸福快活……彼时，后蜀亡国已久，前朝伶俐的宫女如今已成垂老的女尼，免不了在叙述中加些缥缈的追思和想象，一方面是缅怀旧主故国，另一方面也是追忆经风雨长见识的无悔青春。小苏轼被这故事深深打动，将一粒美的种子悄悄埋在心里。多年后，他奉上自己的名作《洞仙歌》，让更多人有机会透过他的笔触，了解到那位绝色佳人的烽火岁月。

冰肌玉骨，自清凉无汗。水殿风来暗香满。绣帘开，一点明月窥人，人未寝，欹枕钗横鬓乱。

起来携素手，庭户无声，时见疏星渡河汉。试问夜如何？夜已三更，金波淡，玉绳低转。但屈指，西风几时来，又不道，流年暗中偷换。

——苏轼《洞仙歌》

该词从女子的冰肌玉骨开始写起，夜色温软，清风袭来，帘内暗香浮动。美人未寝，钗横鬓乱，信步到庭中纳凉赏月。静寂长夜，流年暗中偷换，在梦一样朦胧的时空下，透着些流年的荒凉和对永恒世界的探求。

词作中的美人是后蜀贵妃，她天生丽质，雅艳脱俗，有"花不足以拟其色，蕊差堪以状其容"的姿容，貌夺花色，人称"花蕊夫人"。后蜀国君孟昶当年迷恋她的美貌，也曾写诗赞誉花蕊，苏词似是脱胎于此。但相较来说，苏词比原诗更玲珑雅致，飘逸错落，所以流传也更广。

作为后蜀国君，孟昶基本上具有一切亡国之君的共同点：贪图享乐，纵情女色。也有人说孟昶其实刚即位的时候曾励精图治，重农桑兴水利，并不是什么昏君。

可惜，传下来的历史段子却屡屡为孟昶抹黑。

相传，赵匡胤带兵灭后蜀时，士兵们奉旨去宫里"盘库"，发现一件宝物，赶紧呈给赵匡胤。这物件镶金嵌玉，异常华美，上面的宝石不时放射出耀眼的光芒，晃得人几乎无法直视。不想，赵匡胤非但不喜欢，一气之下抬手把它砸了个粉碎，并怒斥"奢靡至此，安得不亡"！原来，这件高端大气上档次的奢侈品，正是日常生活必备的溺器，俗称"夜壶"。赵匡胤是军旅世家出身，一辈子生活俭朴，做了皇帝也从不奢靡浪费，眼见着孟昶的夜壶装饰得如此富丽堂皇，比自己的饭碗还精贵，所以盛怒之下将夜壶砸碎了！直砸得玛瑙琉璃俯拾皆是，砸得花蕊夫人心痛不已。

作为知识女性，花蕊夫人深具忧患意识。她曾多次进言，劝孟昶勤于朝政，但孟昶常以蜀国地势险要、易守难攻、无须多虑等理由搪塞，结果不幸被花蕊言中，遭到灭国之灾。好在孟昶心态不错，对亡国一事较能看得开。降宋后还得到了宋太祖的赏识，于是偕母亲李夫人和爱妻花蕊进宫谢恩。宋太祖自然也热情款待，双方进行了良好的交流与磋商，宴会气氛融洽和谐。唯一不和谐的就是冰肌玉骨的花蕊夫人。

宋太祖见花蕊夫人明艳绝伦很是动人，又久闻其才学过人，所以非常赏识，主动联络感情，请她当场作诗。按理说，深宫妇人写的多是莺莺燕燕、你侬我侬的情诗，歌舞升平，配合一下宴会的欢乐气氛，肯定是再好不过的了。没想到，花蕊夫人沉吟片刻，诵出这么一首诗：

> 君王城上竖降旗，妾在深宫那得知。
> 十四万人齐解甲，更无一个是男儿。
>
> ——《述国亡诗》

该诗痛斥"君王竖降旗，将士齐解甲"，认为十四万蜀军没半点英雄气概，连一个真正的男子汉都没有！暗讽如非这般赵匡胤定然也没那么容易取胜。估计花蕊夫人说完之后心里肯定很舒畅，言丈夫所不敢言，怨故国所不能怨，憋了这么久的话终于喷薄而出，煞是爽利！但无疑，这诗非常不合时宜，尤其是在这样友好的氛围里，实在缺乏诚意。孰料，赵匡胤此时已被自己以寡敌众的胜利冲昏了头脑，不但没有发怒，反而击节称赞：

"卿真可谓锦心绣口！"

亦舒说："当一个男人不再爱他的女人，她哭闹是错，静默是错，活着呼吸是错，死了还是错。"这一理论，反之亦然。当男人爱上女人时，骂的时候美，怒的时候美，吃饱了打嗝都是香甜的气味，睡着了打鼾都带着幸福的节奏。所以，赵匡胤能承受这样尴尬的场面，只有一个原因，他看上这个女人了。

接下来的故事比较俗套。入汴京十日后，孟昶突然暴死，孟昶的母亲绝食而亡，为国殉葬。花蕊入宫侍寝，不久后被封为贵妃。这些情节在改朝换代之际，都是毫无悬念的：一是杀国君防复辟，二是抢贵妃占美色。赵家兄弟在这点上完全不能免俗。宋太祖杀孟昶夺取花蕊夫人，宋太宗杀李煜抢来小周后，两兄弟在明抢与暗杀中有着良好的默契。

花蕊夫人嫁给宋太祖后，摇身一变为受宠的贵妃，新生活还算比较安稳。但花蕊夫人很念旧，她偷偷绘了一幅孟昶的画像，悬于内室，常常祭拜，以示思念。有次竟被宋太祖撞上，问她缘由，谎称求子的神仙。太祖听后大悦。而"张仙送子"一说从此不胫而走，流入民间，引得人们纷纷供奉其画像求子，鲜花香果，络绎不绝。

历史有时候就是这么奇怪，捕风捉影的故事常常被传得言之凿凿，而那些重要的人生关节点，却被抹得面目全非。比如，"张仙送子"闹得人尽皆知，但花蕊夫人到底何时仙逝却无法考证。一说她冠宠后宫遭到皇后嫉妒，竟被毒死。一说她后来失宠于宋太祖所以抑郁而亡。更有笔记史料《铁围山丛谈》说，赵光义觉得花蕊进宫后，哥哥赵匡胤耽于女色，为防哥哥沉迷其中，所以在打猎时偷放暗箭，射死了花蕊。宋太祖以社稷为重，并没有为难兄弟。也有说"烛影斧声"当夜，太祖病重，赵光义探病，正逢花蕊侍寝，灯下观美人，赵光义心猿意马，竟然动手调戏花蕊，惊动了太祖。结果第二天太祖离奇去世，赵光义继位，花蕊又变成了赵光义的贵妃。诸如此类，花蕊夫人的若干结局，与其说是来源于史书，不如说是来源于人们的想象。

当年，花蕊夫人国破家散，痛别故土，行至剑门道时，曾在葭萌驿的墙上留词一首：

初离蜀道心将碎，离恨绵绵，春日如年，马上时时闻杜鹃。

——《采桑子》

这首《采桑子》用词精练，通过几个传神的意象，生动而深刻地再现了亡国的痛楚，读来字字千斤。只可惜，这含泪之作，未及写完便在宋军的逼迫下仓促上路了。

后人续作的下片也随之而来：

三千宫女皆花貌，妾最婵娟。此去朝天。只恐君王宠爱偏。

明代杨慎在《词品》中批评这篇续作"词之鄙，亦狗尾续貂矣"。的确，下片的恃娇邀宠与上片的亡国之痛，无论从感情基调还是遣词造句上，都相差甚远。

花蕊夫人生于乱世，两朝贵妃的特殊身份，花容月貌的绝色英姿，常常遮蔽了她的文学才能。当年花蕊还是后蜀快乐的贵妃时，也曾写过很多亮丽的宫词。"新秋女伴各相逢，器画船飞别浦中。旋折荷花伴歌舞，夕阳斜照满衣红。""春风一面晓妆成，偷折花枝傍水行。却被内监遥觑见，故将红豆打黄莺。"娇羞柔美的青春，自由自在的灵魂，加上这些绝妙的诗词，真可以让整个皇宫熠熠生辉！可惜，好景不常在，好花不常开，历史的阵阵阴风，终于还是吹落了后蜀这朵美丽的"花蕊"。

不仅如此，这位真正意义上的中国历史上的第一位女词人，竟连一首完整的词作都没有留下。每思及此，不禁令人扼腕叹息。

　　能够在男权社会冲破层层障碍迸发出自己的独特光芒，并在千年之后巍然屹立于整个中国文学史而毫无逊色的才女，李清照当属第一。

　　历来对李清照的关注，大多集中在其人生经历与词学成就之关系的研究上。跟李煜情况类似，人们习惯把李清照的词作划分为前后两期。前期，尚属北宋，词作风格活泼秀丽，典雅浪漫，多为清秀婉约的闺阁词。后期，进入南宋，由于经历了国破家亡的双重悲剧，李清照的词风转为沉郁哀婉，常以婉约笔调写悲愤情怀，词学成就极高，被誉为"婉约词宗"。她的个人词史犹如两宋间知识分子的一部心灵史，因其突破了时间和地域的限制而赢得了后世无限的尊敬。而今，翻看李清照的词作，仿佛是沿着一条曲曲折折的心路，重新探寻她那跌宕起伏的一生。

　　首先，映入眼帘的是北宋大家闺秀李清照自由浪漫的青春，这一时期，可以看作是"少女不知愁"阶段。

　　　　常记溪亭日暮，沉醉不知归路，兴尽晚回舟，误入藕花深处。争渡，争渡，惊起一滩鸥鹭。

　　　　　　　　　　　　　　　　　　　——《如梦令》

　　　　昨夜雨疏风骤，浓睡不消残酒。试问卷帘人，却道海棠依旧。知否，知否？应是绿肥红瘦！

　　　　　　　　　　　　　　　　　　　——《如梦令》

　　两首《如梦令》放在一起，可以看出很多相似的场景，类似的生活。没事儿约几个闺蜜或亲友出去郊游，乘兴而去，尽兴而归，回来睡到自然醒。醉了有人帮忙醒酒，醒了有人伺候梳妆。闲来无事就跟丫鬟斗嘴扯闲篇儿，完全是无拘无束的快乐青春。试想，美食（吃酒）、旅游（泛舟）、睡到自然醒（浓睡不消残酒），实现"公主梦"（卷帘人）……这一系列的活动很容易看出李清照少女时期生活的宽裕和舒心。这一时期的词作，如檐下风铃，随风起落，飘出清脆欢乐的声音；又如裙上缀着的环佩，叮当作响，一路荡来暗香款款，笑语盈盈。除以上两首《如梦令》外，最神采飞扬并具青春风貌的便是《点绛唇》：

> 蹴罢秋千，起来慵整纤纤手。露浓花瘦，薄汗轻衣透。
> 见客人来，袜刬金钗溜，和羞走。倚门回首，却把青梅嗅。

如果时光能够剪出一部电影，那李清照肯定是最好的导演。这首《点绛唇》不写荡秋千时的快乐，而直接从荡完秋千后的快乐神态开始写起，镜头感十足，时间线清晰。荡秋千时累出的薄汗将衣服都弄湿了，额上点点汗珠，如初春花朵上滚动着的晶莹露珠。早春的花园里，露浓花瘦，妙龄少女笑靥如花，从心底里送出层层喜悦来。正在这个闲散的时刻，忽然撞见一位陌生的客人，来不及穿鞋，只好穿着袜子疾走。头发由于刚才荡秋千弄散了，发钗松松地坠下来。觉出自己窘态毕现，所以害羞地跑开。结果走到门口，又不禁想再看看来客的样子，倚门回首，以低嗅青梅的姿态掩饰自己对来客的好奇。短短一首小词，天真纯洁浪漫矜持的少女形象立时变得活灵活现，其间的娇羞和钟情更是展现了初恋的怦然心动。所以，有人推测这首词写于李清照与丈夫赵明诚初相见时。

赵明诚出身官宦世家，父亲赵挺之曾做过宰相，赵家烜赫一时。据说，赵明诚曾有过"做梦娶媳妇"的经历，事情发生在父亲赵挺之正欲为其择偶的时候。赵明诚有一次午睡，梦见读一本书，醒来后书里的内容都不记得了，唯独记得三句话："言与司合，安上已脱，芝芙草拔"，百思不得其解，于是将此事告诉了父亲。赵挺之听后便开始给儿子解梦："言与司合"是"词"字，"安上已脱"是"女"字，而这"芝芙草拔"是"之夫"。所以，赵挺之断言，儿子将来必是"词女之夫"，所娶之人肯定是文词皆佳的才女。后来，李格非将自己的女儿嫁过来。 赵明诚果然娶了光耀千古的才女——李清照。

李清照和赵明诚虽都出身官宦之家，但经济情况一般。尤其是赵明诚酷爱古玩善本、奇珍异宝，所以两个人的钱财多用来置办金石，生活上很俭朴。但家庭的幸福并不取决于粗茶淡饭还是锦衣玉食，在这对知识分子夫妻眼里，志同道合远比富甲天下更令人感到幸福。

关于他们生活的描绘，已经化成一幅幅夕阳中优美的画卷。那些饮茶助学的笑谈，也变成后世琴瑟和谐的典范。传说那时候，他们经常在日暮黄昏品茶读书，其中一人讲出典故，另一人要说出典故来自某书某卷，甚至某页某句，胜者可以先饮茶。有一次，赵明诚输了，李清照饮茶时憋不住喜悦，扑哧一笑，茶没喝到，还把前襟泼上了茶水，结果夫妻俩笑成一团，乐到翻天。

古人常常认为"生得好不如嫁得好"。《红楼梦》中的"金陵十二钗"都是生在钟鸣鼎食大富大贵之家，但她们都没有好结局。元春被深锁宫门，骨肉离散难得团聚。迎春更是遇人不淑，惨遭虐待，嫁人不到一年便被家暴致死。探春精明能干但远嫁他乡，终是无依无靠。宝钗更不用说，顶着二奶奶的头衔，后半生注定独守空房。所以，虽然所谓"嫁得好"这种事没什么标准答案，但幸福度肯定是衡量好姻缘的重要指针。就此来说，李清照的婚姻的确是比较成功的。

李清照十八岁嫁给赵明诚的时候，已经在北宋词坛声名鹊起，算是颇有名气的才女了。嫁给赵明诚之后，二人互相欣赏，彼此爱慕，词赋唱和，勘校诗文，收集古董，是同舟共济的柴米夫妻，也是心意相通的灵魂伴侣。所谓"佳偶天成"恐怕指的就是他们这样的夫妻。如果按照封建思想的主流调子，将"女人的嫁人"比作"第二次投胎"，那么李清照"这一世"的生活算得上丰富多彩而又五味杂陈。

婚后不久，赵明诚离家远游，李清照思念丈夫，闲愁万种涌上心头，只好填词解闷，遥寄相思。这段时期的作品，因较少女时期的生活丰富了些，词作也增加了些少妇的忧愁。但总体上说，多属内容浅近、语言清新的类型。李清照也从擅长的小令渐渐转型，开始尝试中调的创作。

红藕香残玉簟秋。轻解罗裳，独上兰舟。云中谁寄锦书来？雁字回时，月满西楼。

花自飘零水自流。一种相思，两处闲愁。此情无计可消除，才下眉头，却上心头。

——《一剪梅》

　　这首词从清秋的景色起笔，红藕香残，在这清冷的秋天，独自登舟。雁字空回，无人寄锦书。满月正圆，望月的人却没有团圆。下片直写"花自飘零水自流"，年华如水，所谓青春与爱情都是有缺憾的，一种淡淡的悲凉渐袭心头。而在这清冷幽静的环境中，她始终相信丈夫也在这样思念着自己，这"相思"一化为二，两个人共同分担。想到此处，她心里又约略得到些宽慰。但这离愁别绪始终无法化解，"才下眉头，却上心头"。结尾两句对仗工整，眉头上放下的闲愁又被自己放回到心上，更坐实了"此情无计可消除"。全词流畅自然，意境清雅幽怨，艺术感染力极强，历来为人所称道。

　　在与赵明诚离别的日子里，李清照创作了很多类似佳作。这些词作愁绪万端，相思绵绵。据说，有一次重阳节，李清照写了一首《醉花阴》寄给赵明诚。

　　薄雾浓云愁永昼，瑞脑消金兽。佳节又重阳，玉枕纱厨，半夜凉初透。

　　东篱把酒黄昏后，有暗香盈袖。莫道不消魂，帘卷西风，人比黄花瘦。

　　赵明诚接到词函之后，自叹弗如，觉得李清照写得实在好。但男人的自尊又激起了他的好胜心，他闭门谢客，废寝忘食，连续奋斗了三天三夜，一口气写了五十首，然后把李清照的这首《醉花阴》混在其中，请朋友陆德夫来鉴赏。陆德夫玩味再三，说这里面只有三句写得绝佳，赵明诚问是哪三句，老陆说："莫道不消魂，帘卷西风，人比黄花瘦。"赵明诚一看，全都是李清照写的，跟他没什么关系。当然，这只是元代《琅嬛记》中的一个故事而已。但故事的背后似乎也暗示了赵明诚对李清照才华的认可和钦佩。

　　古代社会中，男尊女卑，多数男人都瞧不起女人，哪怕是自己心爱的女人，在男人看来也不过是一件玩偶，很难得到家庭和社会的承认，遑论所谓的尊严和价值。但李清照夫妇生活的北宋，经济的繁荣促进了思想的自由和文化的宽松，加上赵匡胤登基后曾有不成文的规定："不杀诤臣，不杀读书种子"，促成了尊重文化的积极风气。李清照出身望族，满腹经纶，词学水平早已得到社会的公认，所以赵明诚以李清照为荣，赞赏爱妻之事便成为后世美谈。此事若要放在理学禁锢已然横行的南宋，赵明诚的做法就会成为人们的笑柄。所以，作为一代词人，李清照能够有如此浪漫的生活和幸福的婚姻，既得益于自身的才华横溢，也有社会与历史提供的契机。

在历史螺丝松动的时期，北宋的繁荣和自由滋润了她的秀美和温柔，给了她怦然心动的爱情、琴瑟和谐的婚姻。她从亭亭玉立不识愁滋味的少女，长成为闲愁万种却又家庭幸福的少妇。虽然父亲李格非和公公赵挺之因为政治原因屡遭宦海沉浮，她亦提心吊胆跟着时喜时忧，但大多数时候，有赵明诚遮风挡雨、温柔呵护，她的生活还是乐多于苦，喜多于忧。

然而，正当李清照用心享受生活的赐予时，历史开始急转直下，她人生的天地也随着历史的扭转而晃动起来。

1127 年，金兵攻破汴梁，宋徽宗和宋钦宗被俘，北宋灭亡。金人一路南下的铁蹄，踏碎了王朝，踏碎了山河，踏碎了李清照的悠闲和快乐。这位旷世才女从此被卷进大时代的旋涡，开始了落花随流水的漂泊生活，不得不开始了又一次"脱胎换骨"的经历。

北宋灭亡后，国家陷入一片混乱，各地叛逃开始激增，李清照和赵明诚为避祸患也开始南下。鞍马劳顿，道阻且长，二人收藏的珍宝金石古玩字画，开始不断散落。国破之悲，丧宝之痛，都让李清照感到彻骨的哀伤，词风也从清雅秀丽转变成压抑愤懑。当她和赵明诚逃难路过乌江，想到当年项羽的豪迈，再看看眼下南宋的懦弱，不禁气愤异常。李清照有感于此，写下脍炙人口的《夏日绝句》："生当作人杰，死亦为鬼雄。至今思项羽，不肯过江东。"简练的语言将通俗的意境与豪迈的气魄都淋漓尽致地表达了出来。不愧为女中大丈夫！

不幸的是，如此坚强的李清照，命运对其的摧残并未止息。当李清照还没有从亡国之耻、丧宝之恨中抽身出来时，她的生活再次迎来了一轮痛苦的洗礼。建炎三年（1129），赵明诚忽然病逝。这一年，李清照已经四十六岁，无儿无女，无依无靠。大时代的风雨飘摇，小家庭的灰飞烟灭，让李清照的生活雪上加霜，苦不堪言。她从名门贵妇一落而为孤独悲惨的寡妇。

更让人揪心的是，赵明诚刚刚去世就受到诬陷，有人说他生前曾将珍贵文物献给金人，有通敌叛国的嫌疑。对大多数中国文人来说，"清白"二字实在比生命还要尊贵。李清照听到消息后，为了尽早证明丈夫的清白，获得皇帝的信任，她带着夫妇俩全部的家当，一路匆忙南下，追赶远去的朝廷，急急忙忙去给国家献宝。她遭遇过抢掠、偷盗，金石古玩也在漫长的路途中不断散失。兵荒马乱中，李清照孤身一人，几度出生入死，身心备受煎熬。然而更令她痛心的是，无论李清照怎样努力，朝廷军队的逃跑速度永远比她追赶的速度还要快，每到一处，她都发现军队刚刚逃走。

据《金石录后序》记载，建炎四年（1130）春，李清照曾在海上航行，历尽风涛之险。后来据此经历创作的《渔家傲》便成为她毕生词作中最为豪迈的一首：

天接云涛连晓雾，星河欲转千帆舞。仿佛梦魂归帝所。闻天语，殷勤问我归何处？

我报路长嗟日暮，学诗谩有惊人句。九万里风鹏正举。风休住，篷舟吹取三山去！

在这首词中，李清照将天、云、雾、星河、千帆等意象都囊括在自己笔下，描绘了一幅壮美的画卷。借"梦游"这样的形式，与天帝进行问答，痛诉心中的愤懑，流露出对现实生活的不满，也抒发了自己的豪迈之情，倾诉了远大的志向。梁启超评论说："此绝似苏辛派，不类《漱玉集》中语。"可谓一语中的。李清照后期词作多感怀伤时，笔调沉郁伤痛，该篇是少有的豪放之作。

虽然李清照也曾为自己加油鼓劲儿，但舟车劳顿终于还是让这位弱质女流难以承受。加上赵明诚死后积郁的悲伤，李清照病倒了。就在亲人们为重病不起的李清照准备后事期间，一个叫张汝舟的人巧舌如簧地说服了李清照的家人，趁李清照昏迷不醒时与她缔结了婚约。如果李清照就此长眠，也许会免去人生的诸多苦楚，词史上也便不会再有独特的"易安体"。但历史没有如果，只有结果。结果是李清照后来转醒过来，木已成舟，只好做了张汝舟的妻子。

这个张汝舟用现在的话来说，基本就是个"人渣"。他娶李清照并不是爱慕她的才华想要照料她的生活，始终只是抱着抢占李清照财物的心态。当他发现李清照的财物远不如他预想的那么多时，便恼羞成怒，对李清照拳脚相加。李清照当年与赵明诚结婚，过的是举案齐眉的生活，她考虑再三觉得自己无论如何都难以与张汝舟这种强盗生活在一起，于是将张汝舟告了官，要求与他离婚。张汝舟非法倒卖官职，所以李清照的状一下就告赢了。

余秋雨先生曾经提到这件事："没有任何文字资料记载李清照出庭时的神态，以及她与张汝舟的言辞交锋内容，但是可以想象那些都不是我们愿意看到和听到的……所有旁观者的心中都会泛起'自作自受'四个字，这些她全能料到。如此景况加在一起，出庭场面一定不忍卒睹。"历史隐去了人们悲伤的想象，后人只能看到李清照用自己的尊严争得了最后的自由。

按照当时的法律，作为妻子的李清照虽然胜诉了，但必须同样受到惩罚，被判服刑两年。好在，一众亲友积极营救，李清照只被关了九天就被释放出来。出狱后，她马上写信给亲戚，"清照敢不省过知惭，扪心识愧。责全责智，已难逃万世之讥；败德败名，何以见中朝之士"。今天读此信，字字沉重，依然可以感觉到李清照为自己名誉的忧虑。"改嫁"一事令李清照再次陷入舆论的旋涡，惶恐惊惧，如履薄冰。

其实北宋时期，无论官方还是民间都还沿袭着唐代留下来的改嫁的习惯。大文豪范仲淹的母亲也曾改嫁，连宋太祖的妹妹也在丧夫后再嫁。程颐虽然已经提出"饿死事小，失节事大"，但他的侄子过世后，侄媳妇照样另寻伴侣。可见，北宋改嫁之风并未式微。但到了南宋，随着都城的变迁，人们的生活和观念都发生了微妙的变化。

为了巩固统治，南宋对思想领域不断加强控制，对思想的禁锢和钳制越来越多，开始大力弘扬"守节"观念。范晔在《后汉书》中首次把《列女传》放在正史之列。早期如救父的缇萦、文采卓越的蔡文姬、贤良的乐羊子妻，都是各类优秀女子的代表。到《宋史》后，所谓列女都变成了守节的"烈女"，可以想见，当时李清照的日子该如何艰难。但也因此，李清照人格中的坚强、勇敢与不屈不挠，以及努力生活的意志，才更值得后人尊敬。

李清照生在北宋，那些影响一生的自由和成长都在此期间顺利完成。然而，到了南宋，她才发现，整个国家变化的不仅仅是都城的位置，还有生活的时空。从丧偶到离异，她体会到了人世间更深切的离合悲欢，这些感情都深深地沉淀下来，消融在她后期的词作中。

庭院深深深几许？云窗雾阁长扃。柳梢梅萼渐分明。春归秣陵树，人老建康城。

感月吟风多少事，如今老去无成。谁怜憔悴更凋零。试灯无意思，踏雪没心情。

——《临江仙》

寻寻觅觅，冷冷清清，凄凄惨惨戚戚。乍暖还寒时候，最难将息。三杯两盏淡酒，怎敌他、晚来风急？雁过也，正伤心，却是旧时相识。

满地黄花堆积，憔悴损，如今有谁堪摘？守着窗儿，独自怎生得黑？梧桐更兼细雨，到黄昏、点点滴滴。这次第，怎一个愁字了得！

——《声声慢》

李清照晚期词作多以豪放之笔写悲怆之情，在词史上堪称一绝，更被后世尊为"易安体"。她晚年隐居杭州，许多词作都透露出生活的凄苦和悲凉。

落日熔金，暮云合璧，人在何处？染柳烟浓，吹梅笛怨，春意知几许！元宵佳节，融和天气，次第岂无风雨。来相召，香车宝马，谢他酒朋诗侣。

中州盛日，闺门多暇，记得偏重三五。铺翠冠儿，捻金雪柳，簇带争济楚。如今憔悴，风鬟霜鬓，怕见夜间出去。不如向、帘儿低下，听人笑语。

——《永遇乐》

这首词上片写元宵节的热闹，令人恍惚觉得仿佛置身汴梁的繁华。下片遥想当年自己闲暇游乐之时，青春烂漫，无忧无虑，节日时悉心装扮。当年少女时快乐的情状立刻活灵活现跃然纸上。词末，笔锋忽转，讲到如今，霜染鬓白，憔悴难耐，对外面的繁华已经提不起半点兴趣，已经不想再出去见人。

"不如向、帘儿低下，听人笑语"这句尤其悲凉。词人既怀念当初元宵胜景，又害怕触动往事而伤感。隔帘问话，不敢去触碰外面的繁华，只能躲在回忆中安慰孤寂的自己。历史变迁、人世沧桑，隔着一帘幽梦，忽觉还乡，笙歌曼舞之夜，独自垂泪、神伤、断肠。李清照这首《永遇乐》将身世之感、国家之叹融化在词里。南宋的风雨飘摇，自己的今昔对比，全部容纳在这首词中，绵绵思绪寄托了丰富的感情和无穷的韵味，读来令人心碎。所以南宋末年爱国词人刘辰翁说："余自乙亥上元诵李易安《永遇乐》，为之涕下。今三年矣，每闻此词，辄不自堪。"

李清照的文学才能非常全面，除传世的词作外，诗文水平亦不俗，可惜留本太少。她不但精通填词，还提出词"别是一家"这样鲜明的观念，反对以写作诗文的手法来写词，词学理论影响深远。

纵观李清照的一生，从小康之家的快乐少女，到朱门大户的幸福少妇，再到中年丧偶晚年独居，可谓跌宕起伏，颠沛流离。她号"易安居士"，但终其一生却也没有寻到那个避风的港湾。

这是李清照的悲剧，又何尝不是南宋的遗憾。

朱淑真，女，南宋人，具体生卒年不详，闺阁事迹不详，婚后状况不详，死因不详。除了她传世的作品外，朱淑真的简历几乎一片空白。但幸运的是，朱淑真是南宋罕见的才女，她大量的诗词作品中留下了许多当年生活的剪影。后人按图索骥，也能约略探听出她的片段故事……

朱淑真生于南宋初年的官宦世家，自幼聪慧，精通文史，擅长书画，属于才情并茂的官宦小姐。通常这种家境优越的人在青春时期总是飞扬着特别的风采：天真的快乐，任性的自由，和闺阁女子挣不脱甩不掉的春愁。

楼外垂杨千万缕，欲系青春，少住春还去。犹自风前飘柳絮，随春且看归何处。

　　绿满山川闻杜宇，便做无情，莫也愁人苦。把酒送春春不语，黄昏却下潇潇雨。

　　　　　　　　　　　　　　——《蝶恋花·送春》

　　对春天的喜爱是人类发自内心的共鸣，因为春天有融融的绿意，有勃勃的生机。化到诗词里，"惜春"便成了一个重要的话题。朱淑真的这首词正由这种情绪起笔。上片写春天将要离去，楼外垂杨千万缕，缕缕都在挽留春天的脚步，让它慢些离去。又或者任由春天离开，依依垂柳都化成柳絮，随春天飘去。而这柳絮之情，实乃词人之意。词的下片，放眼望去，暮春的山野，花落草长，一片碧绿。杜鹃鸣啼，声声都是愁苦，不忍春天的别离。把酒送春，春天没有回答自己，却在这黄昏里落下潇潇细雨。至于雨声到底是倾诉还是告别，就看每个人不同的体会了。

　　农历三月底，古人常有"把酒送春"的传统，与春天告别，也与春天定下明年的契约。朱淑真敏锐地抓住了这暮春中的讯息，将其中的缠绵与凄婉生动地表达了出来，既合了这时节的景，也合了自己的心事。少女心，海底针，细腻忧伤，正如连绵春雨，点点滴滴都是含蓄的心语。

古代女子未婚前不得抛头露面，常常被困在闺阁里，"伤春悲秋"是她们诗词中最常见的主题。但由于生活圈子狭小单一，所以能将闺情愁绪写成朱淑真这种水平的并不多。

朱淑真个性直率、热情奔放，跟一般官宦小姐的生活略有不同。她曾写过一首《清平乐·夏日游湖》，描写与恋人约会时的情景，被当时很多道学家斥责为"放荡"，却为后世很多词学家所赞赏。

恼烟撩露，留我须臾住。携手藕花湖上路，一霎黄梅细雨。

娇痴不怕人猜，和衣睡倒人怀。最是分携时候，归来懒傍妆台。

这首词的上片写的是青年男女游湖时遇到下雨，构思的亮点在倒装语序上。正常的语序应该是：两个人携手游湖，藕花正开在湖中，突然一阵黄梅雨，恼人的烟和露，撩拨起年轻人无尽的遐想。这样的天气，总要找个地方避雨，结果幽静的环境更催了彼此的情丝。

词的下片直接写女子的直率，和衣睡倒在爱人的怀抱，娇痴也不怕他怎样想我，哪怕他对我突然袭来的热情感到惊讶或错愕，一时之间我也顾不得那许多。李煜曾写小周后出来与自己偷会时的狂喜，"奴为出来难，教君恣意怜"。逢到这个时候，无论李煜还是朱淑真，无论男女老少，在心灵层面都是相通的。

词的结尾也非常精彩。到了分别的时候，眷恋丛生，二人依依不舍。回到自己的闺房，"懒傍妆台"，那份慵懒、娇羞和神秘，以及初欢后的心荡神迷，都被描画得栩栩如生。后人论词，说李清照的那句"眼波才动被人猜"写得矜持绝妙，而朱淑真这句"娇痴不怕人猜"，坦率可爱，也是放诞到绝妙。但因为写得太过大胆直接，所以朱淑真为此付出了沉重的代价。

南宋伊始，各种清规戒律已经慢慢渗透到人们的生活中，风气已远不如北宋时自由。于是，那些所谓的道学家便指责朱淑真"有失妇德"。父母为免亲友口舌，匆匆将其嫁掉。相传，朱淑真的丈夫是一个小官吏，夫妻志趣不合，朱淑真婚后始终郁郁寡欢，很多词里都表达过类似的惆怅。

> 独行独坐，独唱独酬还独卧。伫立伤神，无奈轻寒著摸人。
>
> 此情谁见，泪洗残妆无一半。愁病相仍，剔尽寒灯梦不成。
>
> ——《减字木兰花·春怨》

开篇起笔，朱淑真连用了五个"独"字，定下了该词的基调。伫立伤神，料峭春寒竟然也来招惹她。此情此景，以泪洗面，脸上只剩一半残妆。愁病接踵而来，睡不着的时候便一段段剪去烧过的灯芯。但见东方既白，灯芯剪尽，又是一夜无眠。其哀婉悲凄，寂寞愁苦，真是我见犹怜。

另有两首《菩萨蛮》也是同类词的佳作。

> 湿云不渡溪桥冷，娥寒初破东风影。溪下水声长，一枝和月香。

　　人怜花似旧，花不知人瘦。独自倚阑干，夜深
花正寒。

——《菩萨蛮·咏梅》

　　山亭水榭秋方半，凤帷寂寞无人伴。愁闷一番
新，双蛾只旧颦。

　　起来临绣户，时有疏萤度。我谢月相怜，今宵
不忍圆。

——《菩萨蛮》

　　第一首词中"人怜花似旧，花不知人瘦"颇有几分
黛玉观花流泪、葬花解怀的味道。而第二首词中，朱淑
真将月亮做了拟人化处理，将月的阴晴圆缺和人间的悲
欢聚散直接联系到一起，更将自己善良的心思寄托给清
冷的月辉，"我谢月相怜，今宵不忍圆"，让人读后不禁爱
其才华怜其境遇，望月感叹，唏嘘不止。那个曾经快乐无
忌、青春活泼的少女，如今已被深深困在自己的婚姻中，
用朱淑真自己的词句形容："不堪回首，云锁朱楼。"

　　据说朱淑真也为自己的丈夫写过诗。她的丈夫是文

史小吏，宦游吴越，她曾随行一段时间，后因不忍离乡之苦返回家乡。她曾给丈夫寄过一封著名的情书，上无一字，只有圈圈点点。找了半天才看到她用蝇头小楷写的一首相思词：

> 相思欲寄无从寄，画个圈儿替。话在圈儿外，心在圈儿里。单圈儿是我，双圈儿是你。你心中有我，我心中有你。月缺了会圆，月圆了会缺。整圆儿是团圆，半圈儿是别离。我密密加圈，你须密密知我意。还有数不尽的相思情，我一路圈儿圈到底。
>
> ——《圈儿词》

这首词写得轻松活泼，语意平白但趣味横生，很有朱淑真少女时放诞不羁、潇洒率真的风范，也算是她愁苦忧闷的《断肠集》中难得一见的明媚作品。丈夫看后会心一笑，次日一早便雇船返乡。可见夫妻之间也曾有过改善彼此关系的努力。但性格志趣的不相谐，还是让朱淑真时常感到孤独和落寞。

鸥鹭鸳鸯作一池，须知羽翼不相宜。东君不与
花为主，何以休生连理枝？

——《愁怀》

　　在朱淑真心里，她始终不认同父母为自己选择的婚
姻，她觉得自己与丈夫本就不是同路人。也许那个在绵
绵细雨中曾给过她最初温暖与欢愉的青年，才是她此生
最钟意的情郎。那饱满的爱情的种子，在藕花盛开的季
节深深地种在了她的心里。那份甜蜜和期待，是她一生
都无法忘记的。在朱淑真的诗词中，她反复描写自己的
孤独。倚窗凝望，花深月凉，长夜难眠，成为她诗词中
最常见的意境。

　　不过，她虽沉溺于这样的意境但又不被这样的意境
所拖累，她的身上永远涌动着直面生活的勇气。所以，
当她知道丈夫的寡情薄义后，她选择了离婚。也有传说
她并没有离婚，但搬回了父母家，长期分居，形同离异。
传说她曾有一首《断肠迷》，写的就是跟丈夫分手时的决
绝姿态。

下楼来，金钱卜落；

问苍天，人在何方？

恨王孙，一直去了；

譬冤家，言去难留。

悔当初，吾错失口；

有上交，无下交。

皂白何须问？

分开不用刀，

从今莫把仇人靠，

千里相思一撇消。

　　这是一首字谜诗，每一句是一个谜面，谜底连起来是"一二三四五六七八九十"。当年卓文君听说司马相如有抛弃她的意思，也曾写过一首《数字歌》，不过结尾多少有些挽留的语气，"巴不得下一世你为女来我为男"，既像轻轻的叹息，又像温柔的嗔怪。所以司马相如看后惭愧，心中升起不少柔情，决定从此与卓文君白头偕老。但朱淑真的这首《断肠迷》丝毫不见普通弃妇的哀伤，"分开不用刀，从今莫把仇人靠，千里相思一撇消"，写得比男人更冷静决断，半点拖泥带水的痕迹都没有。其少年时"娇痴不怕人猜"的勇敢在分手的时候依然表现得那么充分。

但面子是大家的，里子才是自己的。无论朱淑真多么勇敢，在那个时代里，她注定是被排斥的异类。朱淑真后半生郁郁寡欢，始终没有真正幸福过。不仅如此，在她抑郁而死（也有人说她是落水而死）后，父母因为她曾"有失妇德"，竟不许她入土为安，索性一把火将她烧了。陪葬朱淑真的物品竟是她毕生十分珍爱的书稿。在一个道德之剑无坚不摧的年代，对知识女性，人们竟有如此切齿的仇视。

朱淑真其人，具体生卒年不详，闺阁事迹不详，婚后状况不详，死因不详。这一生，除了婚姻不幸外，其他情况都无法考证。她与李清照齐名，是宋代"四大女词人"之一。李清照晚年生活虽不乏艰辛，却曾体会过与赵明诚志同道合、伉俪情深的幸福，自号易安居士，更是带着些恬淡与从容。而朱淑真却什么都没有，甚至连父母的理解都不曾拥有过。她自号幽栖居士，文集都以"断肠"为名，似乎也隐隐地透着些命运的暗示。

才华横溢的朱淑真个性率真，处事潇洒，但终究无法挣脱社会的规约和束缚。每一挣扎，禁锢都更深了一层。她是古代才女悲剧命运的集中体现，也是南宋理学发轫期的"牺牲品"，而且据说，朱淑真竟是朱熹的本家侄女。

南宋名媛生活，怎一个"苦"字了得！

钗头凤尾飞华章

——唐琬

邪恶的婆婆总是相似的，不幸的儿媳却各有各的不幸。从古至今，因婆媳关系不睦导致夫妻离婚，一直是沉重也沉痛的话题。"宁拆十座庙，不拆一段亲。"这种话是说给别人听的，自己家里的儿媳如果看着碍眼搁着碍事，那是绝不能善罢甘休的。史上最为臭名昭著的恶婆婆之一便是焦仲卿的母亲。

焦仲卿的母亲因为不喜欢儿媳妇刘兰芝，所以责令焦仲卿休妻。焦仲卿夫妇本来感情很好并不愿意离婚，但焦母屡次施压，焦仲卿迫于所谓的"顺即是孝"只得休妻。刘兰芝回到娘家后，其兄长贪慕虚荣，不断找人说媒，对刘兰芝频繁洗脑，终于使其含泪同意改嫁。结果改嫁的前一天晚上，焦仲卿前来道喜。二人一见之下情不能已，抱头痛哭，山盟海誓，重修旧好。当晚，焦仲卿走后，刘兰芝投河自尽；翌日清晨，焦仲卿自缢身亡。就这样，一对幸福的小两口转眼变成了苦命的死鸳鸯。

后人根据这段故事写成了中国文学史上脍炙人口的乐府诗《孔雀东南飞》。这是中国古代第一首叙事长诗，与《木兰诗》并称"乐府双璧"，与唐代韦庄的《秦妇吟》并称"乐府三绝"。而安徽省怀宁县的小镇上，焦仲卿夫妇殉情的墓地，也变成后世男女凭吊的"风景"。可惜，即使悲剧在前，依然无法阻止恶婆婆们的脚步。八字不合、命里克夫、为人倔强、性格开朗、没有子嗣等诸多理由，都是她们催促儿子休妻的有力借口。唐琬的婆婆正是这庞大邪恶军团里的另一位知名老太。

唐琬是宋代文豪陆游的表妹，和陆游青梅竹马，两小无猜，成年后顺理成章结为夫妇。陆游是誉满文坛的诗词大家，唐琬是小有名气的才女，二人诗词唱和，琴瑟共鸣，生活得非常幸福。但陆游的母亲并不以儿子的幸福为幸福，她对唐琬非常不满，原因是唐琬和陆游结婚两年却没能生下一儿半女，害得陆家无后。为延续香火，她责令陆游休妻。不过也有传说，陆游的母亲不喜欢唐琬，一是因为唐琬性格开朗，二是因为陆游母亲出嫁前与家里的嫂子（即唐琬的母亲）关系不好，所以始终不太喜欢这个侄女。不过，这些阴暗的心理分析，陆母自然是不会承认的，"不孝有三，无后为大"，在那个甚至这个时代都是十分冠冕堂皇的理由。

陆游起初很是抵抗，可拗不过母亲三番五次的胁迫，只好表面上应允，暗地里却在别处另置房产，仍和唐琬生活在一起。此事后被陆母得知，勒令他与唐琬断绝关系，活生生拆散了一对佳偶。陆游遵母命娶了新妻，低眉顺眼，很讨陆母的喜欢，不久便生了一个儿子，陆母如愿抱孙。

唐琬离开陆游后也嫁了人。与李清照悲惨的再婚生活相比，唐琬比较幸运，嫁给了皇族后裔赵士程。赵士程善良敦厚，同情唐琬的遭遇，怜惜唐琬的才华，所以细心地呵护着与唐琬的感情。唐琬在适应新生活的过程中也渐渐对赵士程产生了感情。棒打鸳鸯的悲剧，随着男女主角各自生活的展开，已经渐渐露出幸福的新芽。但幸福是常有的，意外也是。

也不知命运为何突然刮起一阵邪风，外出游玩的唐琬夫妇在沈园巧遇同样出来散心的陆游夫妇。亲友间互相寒暄，闲坐叙旧，唐琬依礼为表哥敬酒。陆游看着依然明媚动人的表妹，红润的手，温暖的酒，丝丝柳条勾起无限萧索心事，想起曾经的山盟海誓，如今的咫尺天涯，但觉春色动人，也撩拨愁绪于无形。陆游心潮翻滚，提笔写了一首《钗头凤》：

红酥手，黄縢酒，满城春色宫墙柳。东风恶，欢情薄，一怀愁绪，几年离索。错，错，错！
春如旧，人空瘦，泪痕红浥鲛绡透。桃花落，闲池阁，山盟虽在，锦书难托。莫，莫，莫！

陆游的词带着对往昔美好生活的眷恋，但仔细读来，却透着对唐琬如今幸福生活的些许抵触，也是提醒唐琬自己从未忘情。这声音很轻很薄，但唐琬能听得出。万千心事无从诉，唐琬索性和了一首《钗头凤》：

世情薄，人情恶，雨送黄昏花易落。晓风干，泪痕残，欲笺心事，独语斜阑。难，难，难！
人成各，今非昨，病魂常似秋千索。角声寒，夜阑珊，怕人寻问，咽泪装欢。瞒，瞒，瞒！

唐琬解释说：自从分开之后，自己并没有忘记陆游，常常以泪洗面，世情凉薄如水，活得也很艰难。又怕人询问自己的悲伤，所以只能强颜欢笑，佯装幸福。两首《钗头凤》放在一处，完整地勾勒出陆游唐琬凄婉绝美的爱情故事。

相较说来，唐琬词情境更凄凉，情丝更细密。她以"薄""恶"与陆游词呼应，陆词中虽有满城愁绪，但到了唐琬手中，"花落""泪痕""病魂""夜阑""装欢"等词无一不渗透着寂寞与哀婉。尤其是"难"与"瞒"，委婉地写出了虽衣食无忧仍心事重重的生活，某种程度上也展示了那个时代女子改嫁后的处境与心境。唐琬虽受赵士程呵护，但终究是陆游的休妻。这次陆游的抒情大作又给了她莫大的精神压力，唐琬终于不堪其累，思虑过度，不久后抑郁而亡。

彼时的陆游受宋孝宗赏识，赐进士出身，仕途光明，前程似锦。加上本身热衷政治勤于政绩，又喜欢写诗作词感慨民生疾苦、天下兴衰，所以活得很是丰富而精彩。

陆游当年写词只是在春色满园的时候偶发伤感，唐琬却用了全部的感情和生命和了首绝命词。也难怪，面对广阔的大千世界，属于陆游的事业很多，而属于唐琬的世界却极小，恐怕这也是历来女人对感情比男人专注且投入的原因。所以，陆游走出沈园后，往事随风都随风，半个世纪的光阴转个身的工夫就不见了。

再回沈园的时候，陆游已年过花甲。沈园里莺飞草长，一如往昔，只是没有了唐琬的身影。陆游想到当年与唐琬恩爱种种，不觉感慨良多。此后，每来沈园都会写诗怀旧。

最后一首"沈园情诗"写于陆游八十五岁那年的春天。那年的陆游暂居沈园，往事扑面而来，记忆清晰而鲜活。他提笔写道："沈家园里花如锦，半是当年识放翁。也信美人终作土，不堪幽梦太匆匆。"不久后，陆游溘然长逝。关于他和唐琬的爱情传说，便随着两首《钗头凤》流传至今。

值得一提的是，《钗头凤》词牌是由《撷芳词》中的句子化来："都如梦，何曾共，可怜孤似钗头凤。"往事如梦，未能偕老，似乎正暗合了陆游和唐琬中道分离的

经历。另有传说，陆游当年与唐琬相爱时，曾以传家宝
"凤钗"作为定情物送给表妹。看来，因"钗"成谶是他
们此生躲不掉的命运了！

碍于古代社会人际交往的限制，绝大部分青年男女都是在新婚当天才见到对方的。由于缺乏相互了解，婚后生活通常并不幸福。但社交的隔阂倒也催生出一种特殊的婚恋模式，那就是近亲结婚。主要原因是亲戚间走动频繁，行动自由，方便少年男女建立信任和依赖。近水楼台，等到彼此成熟，又经青春风雨的洗礼，便能长成茁壮的"情有独钟"。陆游、纳兰性德等人的婚姻都属于此类型，简言之就是："表哥表妹，天生一对！"除上述才子外，南宋末年的才女张玉娘也属于这种恋爱风格。

张玉娘生于 1250 年，字若琼，自幼聪慧绝伦，饱读诗书，擅文墨尤擅诗词，传说才学震惊一方，时人赞其"才比班昭"。且深得父母宠爱，被视为掌上明珠。平日里怀春悲秋，写诗填词打发寂寞青春，身边的侍女紫娥与霜娥也都才貌双全，既是丫鬟又是闺蜜，跟其他官宦人家小姐的生活并无二致。有意思的是，张玉娘养了一只鹦鹉，跟两个侍女合称"闺房三清"。当然，作为大家闺秀幸福生活的标配，玉娘还有个自幼定亲的表哥，二人情意绵绵互赠信物，只待成年便可完婚。对张玉娘来说，家境、良缘，甚至才华，很多同时代女子万难具备的条件，都毫不费力地就持有了。幸福的未来，完美的婚姻，几乎触手可及。

最先出现问题的是表哥沈佺。沈佺是宋徽宗时状元沈晦的七世孙，与玉娘同年同月同日生，一处长大，两情相悦，本极为登对。但后来沈佺家道中落，日渐贫穷，玉娘父母就有了悔婚的意思。可张玉娘不愿悔婚，所以僵持了一段时间后，父母做出让步，对沈佺提出新的要求："欲为佳婿，必待乘龙。"等于说娶妻可以，但必须先求功名。沈佺本无心名利，宋朝的大幕已徐徐落下，连年的战火让很多人逃生尚且来不及，哪有心思去赶考呢？但是没办法，无论什么年代，丈母娘的刚性要求都是推动社会发展与个人进步的强大压力。为了抱得美人归，沈佺只好收拾行装，暂别玉娘，随父进京赶考。

　　离别之际，玉娘百般不舍，拿出了自己的私房钱偷偷资助窘困的沈佺，含泪写下情诗送给表哥：

把酒上河梁，送君灞陵道。

去去不复返，古道生秋草。

迢递山河长，缥缈音书杳。

愁结雨冥冥，情深天浩浩。

人云松菊荒，不言桃李好。

澹泊罗衣裳，容颜萎枯槁。

不见镜中人，愁向镜中老。

——《古离别》

　　这首诗从送别开始写起，绵绵古道，寸寸秋草，山河远，书信少。云松桃李都是爱的见证，此后的玉娘淡妆素衣，一心等待表哥衣锦还乡。最后一句"不见镜中人，愁向镜中老"，既表达了愁云惨淡的相思岁月对容颜的摧残，也表达了害怕时光流去表哥回来后已认不出衰老的自己。全诗用词清淡质朴，情深词浅，颇有上古风韵。可见，张玉娘虽以词著称，但写诗的功力也是非同寻常。尤其是沈佺赶考期间，她写的几首爱情诗，都保持着较高的水准。其中最著名的便是《山之高》（三章其一）：

山之高，月出小。
月之小，何皎皎！
我有所思在远道。一日不见兮，我心悄悄。

这首古诗用"山高""月小""心悄悄"等最古朴简单的意境，写出了颇具《诗经》味道的情诗，像上古遗落的一株野草，像天高云阔间一轮清辉，令人既能读出汉字的韵律美，又能从中品咂出如泥土般清新淡雅的基调。最后"悄悄"二字更是将甜美与娇羞不着痕迹地化入全诗，一如玉娘的相思。

另有一首"汝心金石坚，我操冰雪洁。拟结百岁盟，忽成一朝别。朝云暮雨心来去，千里相思共明月"，也是情诗中的佳作。而这样的情谊对正在备考的沈佺确是莫大的鼓励。

沈佺其人风度翩翩，清逸俊雅，满腹诗书。他此番应考对答如流又不落窠臼，以"奇才"之名轰动京城，一路顺畅，直通殿试，高中榜眼。就在"王子"与"公主"即将过上幸福生活的时候，也许是好运来得太快，厄运竟然也随之而来。在玉娘收到沈佺金榜题名的消息，刚刚迈上幸福巅峰时，一切都开始走下坡路，并以最快的速度往最坏的方向滑去。

高中后的沈佺正准备回去和玉娘团聚，不幸竟染上伤寒。苦的相思遇上突袭的重症，竟然沉疴难愈，眼见着病入膏肓了。玉娘写信安慰他，说："生不偶于君，死愿以同穴也。"沈佺看后，心念哀恸，强撑病体给玉娘回诗："隔水度仙妃，清绝雪争飞。娇花羞素质，秋月见寒辉。高情春不染，心镜尘难依。何当饮云液，共跨双鸾归。"沈佺恐怕自己此生再难与玉娘团聚，于是恳求返乡，想与心上人见最后一面。

1271 年，二十二岁的沈佺不幸病逝，死在了日夜兼程赶回松阳的路上。

沈佺死后，张玉娘终日以泪洗面，悲不自胜。父母爱惜女儿青春年华，苦劝另择佳婿，无奈玉娘抵死不从。"妾所未亡者，为有二亲耳。"如果不是双亲尚在，自己本应随沈佺殉情，如今苟且存世，也绝不会另嫁他人。父母无奈，不敢再提。张玉娘写过两首《哭沈生》，言词哀恸，难以自持。

　　词学大家唐圭璋先生曾在《南宋女词人张玉娘》一文中表达了对其深切的同情："我们觉得她短促的身世，比李易安、朱淑真更为悲惨。李易安是悼念伉俪，朱淑真是哀伤所遇，而她则是有情人不能成眷属，含恨千古。"

　　就这样失魂落魄地过了五年后，张玉娘的生活终于发生了变化。那是 1276 年元宵节的夜晚，男女老少到街上赏灯游玩，花灯彩带热闹非凡。玉娘父母劝她出去散心，她不肯，只愿独自留在家中清净。"花市灯如昼，人约黄昏后。""蓦然回首，那人却在灯火阑珊处。"……多少烂漫情怀，伴着年轻姑娘的盈盈笑语，细细情话，都在这样的夜里纷纷绽放。但热闹是别人的，玉娘什么也没有。她提起笔来，蘸着多年的相思，写下了堪称绝唱的《汉宫春·元夕用京仲远韵》：

　　　　玉兔光回，看琼流河汉，冷浸楼台。正是歌传花市，云静天街。兰煤沉水，漱金莲、影晕香埃。

绝胜似，三千绰约，共将月下归来。

多是春风有意，把一年好景，先与安排。何人轻驰宝马，烂醉金罍。衣裳雅淡，拥神仙、花外徘徊。独怪我、绣罗帘锁，年年憔悴裙钗。

这首词里，张玉娘将他人的欢乐与自己的悲苦做了鲜明的对比。年轻的们女人安排的是幸福的畅饮，是花间的徘徊。再看自己，人未老，心已衰，年年憔悴裙钗。青春尚未落幕，生活尽是愁苦。

据说当天晚上，玉娘写完此诗昏昏沉沉入梦，梦到沈佺跟她道别，说玉娘你很是自重，没有背叛我们的誓言。玉娘指着烛影发誓说自己永不变心。结果沈佺一转身便消失不见，玉娘一急从梦中醒来。此后，竟自生病，不久即亡。当然也有人说，玉娘未病，但从此心如死灰，故绝食而亡，年仅二十七岁。

张玉娘父母知她是因沈佺而死，于是和沈家商议，将二人合葬在城边的枫林，以满足他们"死后同穴"的愿望。玉娘的两个侍女也是性情中人，霜娥竟忧伤而死，紫娥也不肯独活，上吊自尽以殉主仆之情。更奇的是，紫娥死后的第二天早上，玉娘养的鹦鹉竟然也悲鸣而死。张家索性将"闺房三清"陪葬在玉娘和沈佺的墓旁，让他们主仆日夜相依，再续前情。从此，这里便成为松阳古城著名的"鹦鹉冢"。

张玉娘生前著有《兰雪集》两卷，词学成就较高，与李清照、朱淑真、吴淑姬并称为"宋代四大女词人"。但与其他三位相比，她一生短暂，情路艰辛，犹如"松阳版梁祝"，真是百般滋味尽是苦涩。

唯一令人欣慰的是：沈家后人世代相传，精心地守护着埋葬玉娘和沈佺的"鹦鹉冢"。守着最初的爱情，守着最后的承诺，也算是对玉娘最好的交代吧。

第三章 ——

拥挤的青楼

经济的发展、政局的稳定，以及思想的自由与解放，促使宋朝娱乐业空前发达。尤其是北宋末年，在宋徽宗身先士卒率先垂范的大力带领下，青楼业的繁荣再创新高。上自皇帝学士，下至贩夫走卒，都跟秦楼楚馆有着千丝万缕的联系。而在名妓李师师横空出世之前，北宋青楼业的领军人物，便是传说中清丽脱俗才貌双全堪称整个娱乐圈当家花旦的歌妓——琴操。

琴操生于北宋1074年前后的一个官宦之家，少时被抄家，父母相继亡故，无以为生，落入青楼。因为小时候读过很多诗文，受过良好的启蒙教育，所以她有一定的文学基础，加上喜欢抚琴，所以虽落风尘，但气度不减，还为自己取了个志存高远的艺名——琴操。宋代很多文人颇喜欢在烟花柳巷厮混，所以这位有点诗意又颇为失意的琴操姑娘所散发出来的文艺气质，很快就得到了文娱圈内的好评。吟风弄月、填词作曲，西湖一带，无人不知琴操之名。

俗话说：出名难，出大名更难。琴操在西湖扬名，只能算刚刚在娱乐圈站稳了脚跟，要想成为更红的明星，她还需要将自己的形象更深地植入到广大人民群众中，尤其是舞文弄墨的男同胞的心目中。老天眷顾，机遇很快就来临了。

有一天，某官吏畅游西湖，觉得纵情山水非常惬意，便乘兴吟唱起秦少游的《满庭芳》："山抹微云，天连衰草，画角声断斜阳……"琴操一听，心里一惊："这人好没文化，明明应该是'画角声断樵门'才对。"但琴操情商极高，虽看出此人水平不佳，但脸上仍是不动声色，淡淡笑说："错得好，虽然词句错了，但词的意境反而推进了。"本可以就此打住，没想到这位大人智商和情商都极低，竟然误以为琴操真的是在夸他，于是一脸得色，高兴地抱拳："久闻姑娘才华不让须眉，既然错了，姑娘能否用这个韵，填一首新词呢？"琴操一想，全词都用阳韵来改，改动不大，但难度很高。略一思考，觉得倒也可以试试。于是，慢慢提笔——

> 山抹微云，天连衰草，画角声断斜阳。暂停征
> 辔，聊共饮离觞。多少蓬莱旧侣，频回首、烟霭茫茫。
> 孤村里，寒鸦万点，流水绕红墙。
>
> 魂伤，当此际，轻分罗带，暗解香囊，谩赢得、
> 青楼薄幸名狂。此去何时见也，襟袖上、空有余香。
> 伤心处，高城望断，灯火已昏黄。
>
> ——《满庭芳》

写罢，琴操嫣然一笑，轻轻搁笔，请大家来看。围观群众纷纷上来观赏，集体大呼"妙极"。至此，"琴操改韵"之事便登上了文娱圈的头版头条，并在很长一段时间里成为有钱有闲有文化的知识阶层的热门话题，疯传不休。

很快，这事儿就被苏东坡知道了。大学士其人活泼风趣，机智幽默，没事儿就喜欢跟大家谈儒论道，心情好的时候还喜欢跟佛印和尚开开玩笑。他知道了琴操的故事后，便想见识下这位名噪一时的歌妓。

苏东坡一见琴操，粉面似雪，秀发如墨，在这美如西子的西湖上，琴操的明艳动人，婉转清秀，让苏东坡一见倾心。而苏东坡的风流倜傥，浪漫多情，自然也令琴操生出无穷爱慕。二人泛舟于西湖，水波荡漾，清风习习，或品茗，或抚琴，将无尽的语言和默契都融化在了这湖光山色之中。

苏东坡生性潇洒，在这样的人间仙境里，心里真是充满了无穷的快意。但他毕竟深谙人世艰辛，每见琴操谈吐不俗、举止清雅，心中便升腾起数不尽的怜爱。他知道琴操颇通佛理，于是，便以参禅为由，试探琴操。

那天的西湖依然淡妆浓抹，那天的琴操依然人淡如菊。苏东坡对琴操说，我来做长老，你来参禅。你先说说："何谓湖中景？"琴操答道："落霞与孤鹜齐飞，秋水共长天一色。"苏轼接着又问："何谓景中人？"琴操应道："裙拖六幅湘江水，鬓耸巫山一段云。"苏轼问："何谓人中意？"琴操笑道："随他杨学士，鳖杀鲍参军。"苏东坡由景及人再谈人的才华，从实实在在的环境，谈到内心深处的感悟。如果苏东坡一上来就说你便是才比杨鲍，那么人生又能怎么样呢？琴操才貌双全，正是西湖风头无两的名妓，肯定心里不服气。但苏东坡这些问题的设置环环相扣，不经意间便把琴操存在的价值和意义引向了虚无。与浩渺宇宙相比，短暂人生来来去去，本也不算什么。所以，琴操竟然被后面一句"如此究竟如何？"给问住了，半晌无言，静默无语。苏轼看她无言以对，索性说道："门前冷落车马稀，老大嫁作商人妇。"意思是，你如今再风光耀眼，才情纵横，最后的结局可能跟其他妓女也没什么分别。相传，琴操听后登时大悟，涕泪长流，决定削发为尼，遂盈盈起身，拜别苏东坡，唱了首词：

　　谢学士，醒黄粱，门前冷落稀车马，世事升沉梦一场。说什么莺歌凤舞，说什么翠羽明珰，到后来两鬓尽苍苍。

　　只剩得风流孽债，空使我两泪汪汪。我也不愿苦从良，我也不愿乐从良，从今念佛往西方。

　　苏轼见机缘成熟，琴操也愿意尘埃落定，于是就欢欢喜喜领着她去出家。尼姑庵主一看，鼎鼎大名的苏东坡，竟领着一个如花似玉的姑娘来出家，这姑娘眉目清秀，神情淡雅，便知慧根深种，欣然接引琴操迈入佛门。

出家后，琴操用艺名的谐音为自己取了个法名，叫"勤超"，开始闭门谢客，勤奋钻研佛法。因她少时早已从风月场看透人世悲凉，所以很快就顿悟了。花红柳绿的一代名妓，从此便青灯古佛，辗转于尘外谢幕。

相传，琴操在玲珑山修行时，苏东坡偶尔来拜访，少不了谈禅悟道。琴操偶尔也有佳作，但遗世的只有一首《卜算子》：

> 欲整别离情，怯对尊中酒。野梵幽幽石上飘，
> 搴落楼头柳。
> 不系黄金绶，粉黛愁成垢。春风三月有时阑，
> 遮不尽，梨花丑。

苏东坡拜访期间曾表达自己送琴操出家的悔意，甚至多次劝她还俗回杭州。但琴操心意已决，誓不返红尘。几年之后，年仅二十四岁的琴操撒手人寰。时过境迁，如今看琴操的那首《满庭芳》，仍是笔法深厚的佳作。她

对词境的揣摩、音乐的锤炼、语言的驾驭，都达到了相当不错的水平，若不是平日用功苦学，以那样的年纪很难在仓促之间将词改得如此通畅。

据说琴操辞世时，正是苏东坡"乌台诗案"爆发，被贬黄州之际。苏轼听闻琴操死讯，老泪纵横，不断说着一句"是我害了你"。东坡后来几次借酒消愁，醉了之后竟然就睡在玲珑山下。想琴操出家虽是机缘，但毕竟是自己促成，世间从此缺了位绝色佳丽，自己少了个红粉知己。长夜静寂，无边落寞，万千遗憾。

琴操的传奇人生虽然一波三折，但由于离世较早，所以关于她的记载并不多。民国年间，潘光旦、林语堂和郁达夫三位才子同游玲珑山，他们曾翻遍临安县志，都找不到关于琴操的蛛丝马迹。这样一位绰约佳人，竟被风尘埋没得毫无踪影了。此事惹得三人大怒，郁达夫更在玲珑山琴操墓前写下四行诗，表示抗议："山既玲珑水亦清，东坡曾此访云英。如何八卷临安志，不记琴操一段情。"

好在，因为苏东坡的缘故，因为郁达夫的题诗，琴操的故事还是婉转流传了下来。在那些笔记小说中，在千年来飘香的文墨里……

从娼门歌女
到豪门贵妇

—— 严蕊

公元 1182 年，中国古代著名文学家、哲学家、理学家朱熹，作为巡查官，被皇帝派到浙东一带视察工作。朱先生是一位嘘寒问暖的父母官，他关怀百姓，体恤民情，很得当地群众的信赖。于是，很多胆子大的群众就悄悄向他匿名举报了当地官员唐仲友的恶劣事迹。朱熹接到消息后，立刻开始了漫长的取证调查工作。不查不知道，一查吓一跳。原来，唐仲友贪污受贿、欺行霸市、盘剥百姓、为非作歹……置国法民生于不顾，基本囊括了历来贪官污吏的通病。朱熹非常生气，火速成立专案组，拟好弹劾唐仲友的议案，迅速上报皇帝。唐仲友不服，上书自辩。接下来的两个月间，朱熹为了弹劾唐仲友一口气给皇帝上了六份奏折。人们私下里议论，秉持理学的朱熹与信仰苏轼蜀学的唐仲友，一直都有罅隙……

正当流言蜚语满天飞的时候，朱熹突然从唐仲友杂乱无章的罪状里看到胜算的迹象：宿妓。从古至今，贪污腐败和嫖娼赌博似乎都是紧密相连的。朱熹觉得既然没法从经济问题上扳倒唐仲友，不如就从生活作风问题入手，"有碍风化"基本是一抓就灵。于是，朱熹一拍惊堂木，传令下去，带人犯严蕊。

严蕊，字幼芳，据说原本姓周，是南宋中期江南一带的名妓。宋人周密在《齐东野语》里称赞她"善琴弈、歌舞、丝竹、书画，色艺冠一时。间作诗词，有新语。颇通古今"。可见，严蕊不但具备琴棋书画等妓女必备的职业技能，还在历史文学等领域，拥有良好的素养。所以很多人长途跋涉，慕名而来。而当地官员也乘近水楼台之便经常邀请严蕊出席宴会，歌之词之，舞之蹈之。你来我往中，唐仲友和严蕊的关系也渐渐密切起来。据说某次宴会上，严蕊当场作了一首词试探唐仲友：

　　　道是梨花不是。道是杏花不是。白白与红红，别是东风情味。曾记，曾记，人在武陵微醉。

　　　　　　　　　　　　　　　　　　——《如梦令》

这首《如梦令》落笔空灵飘逸，自然雅静。先说不是梨花，也不是杏花，但颜色在红白之间，点出了花色的柔美、花间的情味。最后一句说，武陵微醉，不禁令人联想到陶渊明笔下"武陵人的桃花源"。同时，宋词有以"桃源"代指妓女居处的习惯，所以这"醉桃源"既是女词人身份和经历的暗示，也是严蕊追求理想生活的隐喻，更是对唐仲友能否帮严蕊从良的一次探询。小词虽谈桃花，却不着一"桃"字，实为咏物词中的上品。但唐仲友听后，似乎并未对此有所回应。婚恋这事本就要你情我愿，加上严蕊青楼歌妓这一特殊身份，所以唐仲友没有接受也在情理之中。

但朱熹不这样认为。朱熹觉得严蕊这样风姿绰约的歌妓，很容易让男人把持不住，所以他据此断定，唐仲友虽表面冷淡，实则早与严蕊有奸情。这在当时社会是比较严重的指证。宋朝青楼业虽然非常发达，但制度也非常严格，妓女们因功能不同，分工非常明确，有歌妓、舞妓、官妓、家妓、私妓等区别。而官妓，属于可以"歌舞"但不能"侍寝"的范畴。朱熹认为唐仲友不但让严蕊"歌舞佐酒"，而且令她"私侍枕席"。言外之意，唐仲友利用手中职权便利，把严蕊给潜规则了。

朱熹提审严蕊，就是想吓唬一下严蕊，希望她在庭审的时候能够供出与唐仲友的奸情，如果能顺便查出唐仲友其他方面的问题，那就再好不过了。

朱熹一拍惊堂木："严蕊，你跟唐仲友的事情还不速速招来！"严蕊疑惑地说："唐大人和我清清白白，实在没什么瓜葛。"朱熹大怒："给我打，重重地打！"自古以来，严刑逼供屈打成招这种事经常发生，朱熹考虑到严蕊不过是个没见过什么世面的歌妓，自己威慑一下，动动刑，应该也能见到效果。不料，这个严蕊不知哪里来的骨气，不管怎么打，一口咬定"跟唐仲友毫无关系"。结果前后僵持了两个月，依然是：朱熹屡次用刑，严蕊抵死不招。

外面的传言越来越多，说严蕊被关在牢里，狱卒怜惜她一介弱质女流，且"两月间，（严蕊）一再受杖，委顿几死"，便劝她，就算是招了你和唐大人的事情，你们两个也都罪不至死。但严蕊正色道："我虽落入风尘，本身已无清白可言，但绝对不能反诬别人的清白。"言外之意，即便打死，我也不会诬赖唐大人。狱卒听后，为之震撼。

消息不胫而走，市井民间纷纷为严蕊的人格点赞，很多人由淡淡的爱慕转为深深的敬佩。而朱熹的人品此时不免添了很多差评。甚至连皇帝都因此不悦。

皇帝派朱熹体察民情，本想树立一下自己的光辉形象，结果朱熹到地方两个月，毫无政绩不说，还跟个妓女较劲，闹得满城风雨，打得鸡犬不宁，搞得皇帝很没面子。加上此时朝中也有支持唐仲友的人，不断给皇帝吹风，说朱熹和唐仲友就是"程学"和"蜀学"的矛盾，说到底，不过是"秀才争闲气"！皇帝一听更不悦了，朱熹你办不明白赶紧回来吧，于是责令岳飞的后代岳霖前去代办此案。

岳霖一看，这严蕊已经被打得奄奄一息，再打就要出人命了，心里不由得埋怨起朱熹来。不管为了弘正气还是争闲气，两个朝廷命官间的正事儿没解决结果打死了一个妓女，这传出去好说不好听啊。所以岳霖打定主意，严蕊断不能死在自己手里。

轮到提审时，岳霖慈眉善目地笑着，温言软语地劝慰严蕊："姑娘你别怕，你不是说冤枉吗？听说你文学水平很高，你愿意当庭写首词，申诉一下自己的冤情吗？"
严蕊一看，这位官爷气定神闲，和蔼可亲，说不定自己
的冤情真能洗清呢。想到自己身世凄凉，近日苦楚，要
不是落在娼门，何至连辩驳的机会都没有？心中的委屈，
身上的伤痛，化作眼中点点泪光，于是缓缓陈述：

> 不是爱风尘，似被前身误。花落花开自有时，
> 总是东君主。
> 去也终须去，住也如何住！若得山花插满头，
> 莫问奴归处。
>
> ——《卜算子》

　　严蕊的这首《卜算子》，上片写自己沦落风尘，俯仰
随人，命运上完全无法自主的悲哀。"花开花落"固然是
对宿命的叹息，"总是东君主"还是要看官爷您是否愿意
解救我于水火。这份迷茫与惶惑、寄托与期待，再加上
遍体鳞伤的柔弱，实在是楚楚动人，惹人怜爱。
　　下片起笔，承接了上片花开花落的命运，去的终究
要去，留的却不知道该如何留。如果能选择自己的生活，

严蕊说，自己宁愿做个"山花插满头"的普通农妇，栖身静谧田园之内，歌舞欢场之外。全词意境清雅，陈述了委屈，点明了理想，含蓄委婉却又不卑不亢，词风清朗俊秀，让人过目不忘。岳霖听后非常震动，不但当庭释放了严蕊，而且脱去了她的妓女籍。

严蕊从良后嫁人，据说家境不错，老公纳了她之后再没纳妾，二人感情很好，严蕊也颇得宠。在许多风尘女子的传奇故事结尾，归宿大抵是嫁了个穷书生，先是山盟海誓，再是金榜题名，最后是幸福地奔走在通往小康的大路上。而宋代的名妓，似乎打破了这一常规范式。北宋的琴操皈依佛门，南宋的严蕊嫁入豪门，模式新颖，对滚滚红尘中人来说，也算都得了善终。

严蕊一生，除了那些轻柔婉转的诗词，并没留下任何豪言壮语。先不管她与唐仲友到底关系如何，单是其身处逆境，却设法保全他人之心，便值得后世人敬佩不已。因着这份义气，即便严蕊不会飞檐走壁，也算得上当之无愧的"侠女"！

至于朱熹和唐仲友孰是孰非，那就是另外的故事了……

李师师出道前的身世，大致是这样的：父母早丧，她四岁左右便落入娼籍，被青楼收养培育，调教成当红头牌，风头一时无两。相传，李师师小时候从不啼哭，只是有天被抱入佛门，庵里的尼姑看她长得聪明伶俐，顺手摸了一下她的头，结果她放声大哭。老尼姑知她慧根深种，于是为她取名"李师师"。

李师师花容月貌，冰肌玉骨，自出道开始便拥有庞大的"粉丝"群，慕名而来的客人络绎不绝，长期稳定地支持着自己的"偶像"。所以，李师师能够名动当时、"名垂千古"，也正是依靠了"粉丝"的巨大力量。在海量的"粉丝"中，有一个人身份贵重地位特殊，每每出场都能将李师师从别的男人手里抢过来，这个人就是北宋末年的至尊皇帝宋徽宗。

宋徽宗第一次莅临青楼"视察民情"时，陪伴在身边的便是国家队著名"足球运动员"高俅。高俅在听说了李师师的艳名后，就开始怂恿宋徽宗前去"体察民间疾苦"，并发誓绝不会走漏半点消息。宋徽宗虽贵为国君，但对女人的垂涎跟普通男人没什么分别。于是，乔装一番便来到了青楼。不巧，来的时候，李师师刚好休息，听说有贵客到，便懒洋洋地准备出来见客。但是，美女通常都比较在乎美貌，尤其是在美女如新鲜韭菜般一茬茬成长与收割的青楼里，若要保持自己的客流量，务必要注意保养。李师师想到这儿决定去洗一个澡，按照国际惯例，女人迟到尤其是美女迟到，也算不上什么大事。

此时的宋徽宗如坐针毡，心如鹿撞，又急又悔。等得多少有些不耐烦，怕被别人发现自己的身份，但李师师欲擒故纵摆足架子完全不把来客放在心上的姿态，让宋徽宗又不舍得离开，他誓必要一睹芳容才罢休。正思量处，忽然听到帘子底下，有人低低问旁边的人："客人走了吗？"据传，李师师声音甜如蜜水，加上沐浴后神清气爽心情大靓，故语气轻柔和缓，把宋徽宗的心登时就给融化了。门帘一挑，只见李师师清雅秀丽，云鬓半偏，肌肤胜雪，出浴的美人犹如出水的莲花，清幽雅致，淡香徐徐。虽身在青楼，却难得的飘逸脱俗。后宫佳丽三千，个个都是为了讨好皇帝，亦步亦趋，哪有李师师这般的自在与从容？宋徽宗一时忘情，竟看得呆了。

那李师师也是冰雪聪明，见宋徽宗风流倜傥，儒雅俊秀，也很欢喜。又见高俅陪在旁边鞍前马后唯命是从，心里便有了几分主意，知道此客不得怠慢，要细心服侍。有道是：金风玉露一相逢，便胜却人间无数。李师师名不虚传，惹得宋徽宗流连忘返，如痴如醉，迟迟不舍离开。直到第二天早朝时分方才慌忙起身，并解下腰带赠给李师师。

李师师待客人走后才下床来看昨夜客人赠送的词（《醉春风》）。看罢心里一惊，这字不是著名的"瘦金体"吗？原来昨夜来的真是宋徽宗。让李师师更为吃惊的是，皇帝不但来逛青楼还成了自己的常客。甚至有传闻说皇帝开凿了一条暗道，从宫门外一直通到青楼，直通李师师的闺房，好方便他与李师师私会。

翻开史书，但凡贪恋美色的国君几乎都没什么好下场。周幽王为博褒姒一笑烽火戏诸侯，亡国。商纣王宠幸妲己众叛亲离，亡国。就连年轻时曾英明神武的唐明皇也因宠爱杨贵妃，差点把江山给丢了。轮到宋徽宗，又岂能逃得出这样的魔咒。身为一国之君，他能为嫖妓不惜一切代价，可见当时的腐败已经非常严重，亡国之事不过朝夕之间。

有人说李师师得到宋徽宗的垂爱，甚至一度被封为"明妃"。但李师师不喜欢宫里的生活，也不在乎名利地位，所以干脆不做明妃了，继续在青楼里做自己的"当家花旦"。果真如此，她当算是中国妓女史上的"异数"了。

其一，李师师拥有自由独立的个性。她不像一般妓女那样爱哭爱闹别扭，而是安之若素，甚至还有点甘之如饴。她不奢求生活，也不冷落生活，她只享受生活。纵观历代名妓，无论是才华盖世的柳如是、精明能干的顾横波，还是艳若天人的陈圆圆、勇敢私奔的红拂女……她们最终渴望的都是一个归宿。她们以稳定的婚姻为终点，毕生所求都是嫁入寻常百姓家。而李师师，不以男人为依靠，不以婚姻为归宿，不以改变命运为己任。哪怕来的是皇帝，她照样敢表达自己的好恶。

据说有一次，周邦彦撞见宋徽宗前来嫖妓，于是写了一首酸溜溜的《少年游》，有些吃皇帝飞醋的意思。宋徽宗一怒之下，将周邦彦贬官。孰料，那李师师生得柔若无骨，内心却强大无比。周邦彦被贬官连朋友都不敢相送，她自己却出城相送，撇下宋徽宗在她的房间里苦等。等送走了周邦彦，回来还给宋徽宗唱周邦彦的曲子《兰陵王·越调柳》：

> 柳阴直，烟里丝丝弄碧。隋堤上，曾见几番，拂水飘绵送行色。登临望故国，谁识、京华倦客。长亭路，年去岁来，应折柔条过千尺。
>
> 闲寻旧踪迹，又酒趁哀弦，灯照离席。梨花榆火催寒食。愁一箭风快，半篙波暖，回头迢递便数驿。望人在天北。
>
> 凄恻，恨堆积。渐别浦萦回，津堠岑寂。斜阳冉冉春无极。念月榭携手，露桥闻笛。沉思前事，似梦里，泪暗滴。

宋徽宗冷静下来，觉得自己确实有点过分，第二天就召周邦彦回京了。不仅如此，还封他为"大晟乐正"，开始经常和周邦彦一起填词作曲。周邦彦从此也安心创作各种香软甜腻的词，粉饰太平，歌功颂德，成为宫廷体奢靡浮华风的代表词人。可以说，没有李师师的撮合，就没有宋徽宗和周邦彦良性互动的君臣情谊。

李师师的跨界整合能力应当说是她身上第二个独特的魅力。自古以来，青楼常常被看成藏污纳垢之处，为道学家们所不齿。但在宋代，随着经济的高度繁荣与发展，人们的思想意识相对也比较自由开放。所以大量有识有智的权贵阶层便不以在青楼寻欢作乐为耻，甚至还乐于为歌妓写词来捧红这些姑娘，同时也希望自己的词能通过被传唱变得更为流行。基于这样的情态，李师师这种青楼里顶尖奢华级的女人，便成了男人们争相宠爱的对象。上有国家最高统治者宋徽宗，中有宫廷词代表人物周邦彦、大学士秦观秦少游，再往下排，有山寨草寇流氓头子宋江，还有江湖儿女燕青，他们都曾为李师师填词献礼。

　　远山眉黛长，细柳腰肢袅。妆罢立春风，一笑千金少。

　　归去凤城时，说与青楼道。遍看颍川花，不似师师好。

——晏几道《生查子》

天南地北，问乾坤何处，可容狂客？借得山东烟水寨，来买凤城春色。翠袖围香，鲛绡笼玉，一笑千金值。神仙体态，薄幸如何销得！

回想芦叶滩头，蓼花汀畔，皓月空凝碧。六六雁行连八九，只待金鸡消息。义胆包天，忠肝盖地，四海无人识。闲愁万种，醉乡一夜头白。

——宋江《念奴娇》

就是这样一座小小的青楼，融合了宋徽宗的官方文化、秦观等人的精英文化，还有宋江等人的民间侠盗文化。在那个时代，李师师几乎整合了当时社会上她所能接触到的各阶层最优秀的资源。如果放在这个时代，她绝对可以算得上是公关界的翘楚。其"客户"涉及面之广，波及范围之大，后世影响之深远，堪称"业界绝唱"。

李师师虽然生时颇受关注，但结局却众说纷纭。有说金国来犯，她散尽家财支援抗金，北宋灭亡后她便出家为尼。也有说国破后，她嫁人避祸从此不问世事。更有传言，说她被掠到金国军队中，不忍受辱，吞金殉国。种种传说，皆无所凭。可见，再国色天香的美女，也只能是繁华盛世的点缀，业余生活的陪衬。而李师师也如一架剔透的棱镜，折射出了北宋最后的绚烂与败落。

彩虹易散琉璃脆，世间好物不牢坚。李师师如此，曾经歌舞升平的北宋其实也一样。

香艳词
纯净心
——秦观

秦观，字少游，号淮海，是北宋中后期著名词人，也是大学士苏东坡的好朋友。他此生共存诗词四百余首，约四分之一都是艳词，也就是写给青楼女子的词，所以钱锺书先生戏称这些是"公然走私的爱情"。

但这并不能抹杀秦观的词学成就和独特价值。毕竟，词的源流本就是歌舞筵席上女孩子们所唱的歌曲，婉约动人温柔多情很自然地成了词学发展的主流。秦观的独特之处，在于虽是言情，却写得平淡雅致，分外动人。比如最为著名的《鹊桥仙》：

　　纤云弄巧，飞星传恨，银汉迢迢暗度。金风玉露一相逢，便胜却人间无数。
　　柔情似水，佳期如梦，忍顾鹊桥归路。两情若是久长时，又岂在朝朝暮暮！

……意是，纤柔的云彩在天空变幻出美丽的图……拥有这样灵巧手艺的织女却不能与心爱的人在……。只有在这样美好又难得的七夕，他们才能悄悄渡过遥远的银河，来到彼此身边。久别重逢的喜悦，胜过人间无数貌合神离的夫妻。柔情蜜意，缠绵如水，正是难分难舍之时，发现相聚的佳期竟然像梦一样短暂。说是忍顾鹊桥，其实是不忍分别。走笔至此，本是含泪分手之遗憾，秦观却笔锋一转，忽然诵出了古今爱情之绝唱：两个人若是彼此相爱至死不渝，又何必奢求朝朝暮暮的庸俗相伴呢？

秦观的这首词，语言上自然流畅通俗易懂，感情上又含蓄深沉余味无穷。最重要的是，他为时人与后人提供了对爱情的全新阐释，亦即不但在意境上令爱情格局更阔达、深远，而且将精神恋爱提升到前所未有的高度。所以，冯煦在《蒿庵论词》中说："淮海、小山，真古之伤心人也。其淡语皆有味，浅语皆有致，求之两宋词人，实罕其匹。"这是冯煦对秦观和晏几道的称赞，语言平淡却味道深远，措辞浅白又情致深婉，几乎无人能与他们比肩。用简单平白的语两宋词人，几情，似乎一直是秦观的独特之处。婉约词中，晏几道和秦观都是抒情行家，但晏几道的抒情场面色彩浓，"彩袖殷勤捧玉钟，当年拚却醉颜红"。秦观的抒情则多是轻寒漠漠淡烟流水。

> 倚危亭、恨如芳草，萋萋刬尽还生。念柳外青骢别后，水边红袂分时，怆然暗惊。
>
> 无端天与娉婷。夜月一帘幽梦，春风十里柔情。怎奈向、欢娱渐随流水，素弦声断，翠绡香减，那堪片片飞花弄晚，蒙蒙残雨笼晴。正销凝，黄鹂又啼数声。

——《八六子》

倚危亭，悠悠离恨如萋萋芳草，除尽后还会再生。遥忆当年水边柳下的告别，青骢是远行的旅人，红袖是缠绵的爱人。如今想起，白驹过隙，分开已多年，不觉暗自心惊。下片里，秦观从眼前景、当年情联想到意中

不算什么大罪，但由于秦观是旧党人士，所以接连几次被贬官，一直贬到郴州。王国维说秦观的词后来变声"凄厉"，很著名的几首，均写在此时此地。其中又以《踏莎行》词风最为凄凉。

> 雾失楼台，月迷津渡。桃源望断无寻处。可堪孤馆闭春寒，杜鹃声里斜阳暮。
>
> 驿寄梅花，鱼传尺素。砌成此恨无重数。郴江幸自绕郴山，为谁流下潇湘去。

秦观早期的清淡舒雅，在这个时期几乎一扫而光，取而代之的是扑面而来的绝望。夜雾氤氲，看不到高高的楼台；月色朦胧，找不到出发的渡口；陶渊明笔下的桃源看来也是无处寻觅了。这几个喻象的叠加，看似普通，实则暗示了秦观心中的苦闷。楼台是境界，渡口是出路，桃源是理想，而这些，在现实中都已经没有任何希望了。而此时此地，他孤身漂泊在郴州的旅馆中，馆外春寒料峭，日暮斜阳，杜鹃声声"不如归去，不如归去"，可秦观却不知道自己何时才能归去。

　　下片中，秦观写自己为远方亲友寄送南方的梅花，山水迢迢，不知道要经过多少驿站，而那从北方寄来的温暖问候，送抵我手中时也已经过了很久。在这遥远的时空里，我的愁怨和遗恨就这样一点点地堆积起来。词的结尾，秦观已将自己心事融化在郴江山水中，郴江最幸福的事应该就是绕着郴山流，为什么它要流向潇湘呢？言外之意，自己背井离乡多年，什么时候才能与故土重逢呢？

　　写作这首词的时候，秦观已经四十九岁，这是近知天命的年龄。但秦观在这样的年纪却漂泊在外，远离家乡和亲人，所以心中悲愤难止，无限凄凉。少壮的豪迈之气也在生活的曲折与磨损下，渐渐显出颓败来。对比秦观早年词作虽也是朦胧忧伤之调，却处理得娴雅轻柔，不似《踏莎行》这般怨恨重生。

　　　漠漠轻寒上小楼，晓阴无赖似穷秋，淡烟流水画屏幽。
　　　自在飞花轻似梦，无边丝雨细如愁，宝帘闲挂小银钩。

——《浣溪沙》

　　漠漠轻寒，淡烟流水，飞花似梦，细雨如愁。在这首词中，秦观的忧伤是淡雅的，哀怨是清闲的。那份敏感却自在的情绪也在小楼闲挂等词的背后慢慢浮现。但政治波澜起伏一浪高过一浪，生活的急流里，一个旋涡连着另一个旋涡。秦观那颗本就多情敏感的词心，随着生活的砥砺，变得越来越脆弱，到晚年的《踏莎行》里，竟变为王国维先生所说的"凄厉之声"了，含悲啼血，哀鸣不止。

　　同样是被贬职，秦观到了湖南就自觉心神俱碎，而苏轼被贬到海南也不忘笑对人生。可见，人的性格虽无好坏之分，但襟怀却有大小之别。当没办法选择生活的方式时，至少可以选择生活的态度。

　　几年后，哲宗逝世，徽宗继位，召旧党入朝。可惜，秦观并没能回到日夜思念的故乡，他死在了北归的路上，年仅五十二岁。

论青楼客的
自我修养

—— 周邦彦

北宋时期经济发达、政治稳定、思想自由，所以人们的私生活也比较开放，尤其是知识阶层，平日里逛逛青楼，写首词让姑娘们欢唱下，都是很随性的举动。当然，时不时也会传出些绯闻。但一般这些花边消息也就仅限于文人骚客之间，不会引起太大的波动。直到周邦彦的秘事被八卦出来，才震惊了整个文娱圈。

周邦彦，字美成，号清真居士，北宋著名词人。他写词语言典雅清丽，风格缜密浑厚，不但继承并发扬了柳永的慢词，还对南宋中晚期姜夔、张炎等人的创作影响深远，被尊为婉约词集大成者。但说起来，这些文学上的成就只能为周邦彦的形象增光添彩，真正让他声名远扬的却是他独树一帜的风流韵事。这件事还要从周邦彦最著名的一首词开始说起。

并刀如水，吴盐胜雪，纤手破新橙。锦幄初温，兽烟不断，相对坐调笙。

低声问向谁行宿，城上已三更。马滑霜浓，不如休去，直是少人行。

——《少年游·商调》

传说，周邦彦某天和名妓李师师幽会，两个人你侬我侬，正是难分难舍之时。忽然有人通报，让李师师姑娘赶紧打扮一下，说宋徽宗马上就要过来看她了。周邦彦一想，自己出来泡个妞竟然还能和皇帝"撞车"，这事儿传出去，皇帝脸面过不去，自己的前程八成也就废了，当即愣在那里有些不知所措。李师师到底是风月中人，灵机一动，告诉周邦彦你先藏到床底下，我来应付皇上。周邦彦无奈，只得爬到床下避难。他一面听李师师跟宋徽宗调笑周旋，一面在心里吃飞醋打腹稿，决定将这千载难逢的时刻记录在案——

锋利如水的刀切开了橙子，李师师用纤细白嫩的双手为宋徽宗剥开新鲜的橙子，华丽的幔帐，缥缈的炉烟，熏得整个屋子又香又暖，两个人在这样的房间里对坐，调笙，吹奏。这样的浪漫和暧昧，让床下的周邦彦觉得心里酸溜溜的不是滋味。

下片从叙述起笔，镜头转向女主角，她温柔地问男主角：

"你要去哪里啊？现在已经是三更天了，霜浓路滑，外面几乎没人出行了，你不如就在这儿歇下吧！"语言婉转柔丽，清秀淡雅，坦然天真。虽是挽留情郎的话，却没有任何忸怩作态，十分细腻自然。而其中的缠绵之情也拿捏得恰到好处，正所谓"着粉则太白，施朱则太赤"，所以陈廷焯在《白雨斋词话》中赞其为"本色佳作"。

故事似乎还没有结束，周邦彦这首词写得太好，所以很快就传到了宋徽宗的耳朵里。宋徽宗又气又恼，自己嫖妓这么私密的事都被周邦彦知道了，面子上实在过不去，而且这么看来周李二人确实过往甚密，周邦彦也算自己半个情敌。所以宋徽宗一怒之下就把周邦彦贬官了。树倒猢狲散，墙倒众人推。周邦彦被贬官外放，吓得众好友不敢相送。唯有李师师天不怕地不怕，去送周邦彦。

送行的那天，宋徽宗正好去见李师师，结果发现李师师不在。心急如焚地等到李师师回来，却见她两只眼睛哭肿成桃一般，宋徽宗心下一阵怜惜，说你怎么哭成这个样子，李师师就说是去给周邦彦送行了。这李师师说起来也算是个公关达人，不但把事实交代清楚了，还把周邦彦写的词给宋徽宗唱了。宋徽宗仔细一听，这词果然写得精妙绝伦，自己确实不该一时恼怒就把人家给贬官了，滥用公权以徇私情，说到底还是不对。于是跟李师师说你别哭了，我把他调回来就是了。于是周邦彦又被调回来了，还给升了官，封为大晟乐正。而这首让周邦彦名垂千古的词作，就是著名的《兰陵王·越调柳》。

　　柳阴直，烟里丝丝弄碧。隋堤上，曾见几番，拂水飘绵送行色。登临望故国，谁识、京华倦客。长亭路，年去岁来，应折柔条过千尺。

　　闲寻旧踪迹，又酒趁哀弦，灯照离席。梨花榆火催寒食。愁一箭风快，半篙波暖，回头迢递便数驿。望人在天北。

　　凄恻，恨堆积。渐别浦萦回，津堠岑寂。斜阳冉冉春无极。念月榭携手，露桥闻笛。沉思前事，似梦里，泪暗滴。

——《兰陵王·越调柳》

　　"折柳送别"一直是古人离别的主题，这首词也不例外。开篇就写到沿隋堤栽种的柳树笔直地排在两岸，丝丝柳条随风浮动，舞弄起一片嫩绿的世界。曾几何时，看到这柳枝拂水柳絮飘飞的景色，便知人们是为远行的人送别。如今自己要离开这里了，登高远望，故国一片春色，而"我"也曾是厌倦京都生活的过客。十里长亭路，年复一年的送别，折断的柳条应该都要过千尺了吧。

　　独自静下来才开始追寻旧日的踪迹，分别的时间在寒食前后，离酒、哀弦、残灯、空席，所有的情境都透出悲凉。竹篙没入开始渐渐转暖的水中，船划得像箭一样飞快，远远望去，送别的驿站已经越来越远，而送别的人犹如远在天边。

　　船越行越远，遗憾越积越重。送别的河岸蜿蜒曲折，渡口也渐渐行人冷清。斜阳冉冉西下，春的味道反而显得更浓。在这暮色与春色交织的复杂的感情中，满怀愁绪被进一步挑起。遥忆曾和佳人并肩携手于月下，水榭露桥，一曲到天明，恍惚间前事如梦，细思想，暗垂泪……当时只道是寻常。

　　这首《兰陵王·越调柳》是周邦彦最为人称道的作

品，其景语和情语描摹得恰到好处，曲折的心路随着漫长的旅途沿路铺开，缠绵动人，心事流淌，实在是滋味无穷。所以也难怪宋徽宗听后，感慨周邦彦确实是个人才，又把他调回京城。关于周邦彦、宋徽宗和李师师的"三角恋"，最早的记载见于宋代人张端义的《贵耳集》。后世很多学者考证出"嫖妓撞车"一事查无证据，并不可信。但从没人就此否定过周邦彦这首词的成就。

　　在这首词中，周邦彦最具特色的创作手法得到了突出的体现，即故事性。他将一个送别的场景扩展成一个离别的故事，一唱三叹，婉转动情。从近处的柳丝，遥远的驿站，到分开后沉浸在回忆中垂泪的旅人，将虚实、今昔、悲喜等情绪，糅合得完美无缺，大大提升拓展了宋词写作的内容、意境和方法，对后代影响深远。一般意义上，"诗言志，词言情"是对诗词内容的普遍界定，但周邦彦之后，词不但言情，而且能叙事。细致地铺陈景色，细微地刻画动作，细腻地描写心路，在之前的词里，几乎是没有的。周邦彦充分开掘了慢词的铺叙功能，由此，词不仅能表达情绪，还能讲述故事。这是周邦彦对宋词的最大贡献。这首《兰陵王·越调柳》情绪凝重沉稳，语调舒缓悠长，有人据此将周邦彦称为"词中老杜"，更有人将其誉为"词中之冠"。

周邦彦的词"富艳精工"，"富"来自宫廷乐师的职业，"艳"来自对底层歌妓生活的了解，唯"精工"二字才能显出其写词的用功和成就。即便是普通的思乡情，也能被渲染得不同寻常。

燎沉香，消溽暑。鸟雀呼晴，侵晓窥檐语。叶上初阳干宿雨，水面清圆，一一风荷举。

故乡遥，何日去。家住吴门，久作长安旅。五月渔郎相忆否。小楫轻舟，梦入芙蓉浦。

——《苏幕遮·般涉》

这首词上片写景，下片写情，层次分明。焚香消暑，屋檐下鸟雀欢语，水面上荷花清圆，荷叶一一挺出水面。遥忆故乡，不知道自己什么时候才能回去。家在吴越一带，却长久客居在长安。故乡的伙伴是否还记得我？一叶小舟，梦里回到了荷花塘。这首词意境清幽，恬静淡雅，有清水芙蓉天然雕饰之感。尤其是"水面清圆，

——风荷举"，已成千古佳句，被王国维先生赞为"真能得荷之神理者"。

当然，周邦彦在那些典雅工整的词风外，也偶作艳词，比如《青玉案》。上片写："良夜灯光簇如豆。占好事、今宵有。酒罢歌阑人散后。琵琶轻放，语声低颤，灭烛来相就。"语言香艳，叙事周全，从灯下占卜，写到歌舞欢畅曲终人散，两相依偎。下片写偷情后的自责，怕被人知晓后的忧愁。全词的艳俗程度丝毫不输柳永。不过，虽作艳词，且是宋代最著名的"青楼客"，但周邦彦这类词数量并不多，成就也不如其他类词高。

周邦彦少年时落魄不羁，曾在太学读书，神宗时还曾献上歌颂太平盛世的《汴都赋》，七千字的雄文让神宗引以为奇。此后，周邦彦屡受提拔，仕途坦荡，因精通音律，后专职为宫廷作乐。但新旧党争不断，宦海沉浮，生死荣辱，他也都曾亲历过。所以后期的周邦彦，写词缜密典丽，华美异常，宫廷气较浓烈，所以常被批判为"帮闲文人"。

周邦彦卒于1121年，几年之后，北宋就灭亡了。

第四章

爱情是天大的小事

官二代进军娱乐圈这种事，放在哪个朝代都是颇有压力的。尤其是对柳永这种自尊心极强的人来说，家族的光环简直就是戴在头上的紧箍咒，穿在脚上的红舞鞋！

柳永的祖上在南唐时以儒学著称，父亲柳宜进士出身，曾在南唐做过官，叔叔也中过进士。哥哥柳三复和柳三接亦是进士，连儿子和侄子都是进士。在这么上下三代济济一堂的进士家族里，如果有一个人不是进士，那心理压力之大真是随时可以爆表。所以，柳永必须赶考。以柳永的才学，考进士本是探囊取物之事，不料横生枝节，连考三次都不中。命运如此安排，真让人无奈！第三次落榜的时候，柳永心里实在太委屈了，一腔苦水直接浇筑在了自己的文学作品上，现俗称"吐槽"。

　　黄金榜上，偶失龙头望。明代暂遗贤，如何向？未遂风云便，争不恣狂荡。何须论得丧。才子词人，自是白衣卿相。

　　烟花巷陌，依约丹青屏障。幸有意中人，堪寻访。且恁偎红翠，风流事、平生畅。青春都一饷。忍把浮名，换了浅斟低唱。

——《鹤冲天》

　　这是柳永流传最广的几首词之一，将柳永作为文人的清高自负描写得活灵活现。首先，柳永并不承认自己"技不如人"，而是把自己的落榜归结为偶然因素，认为只是暂时不得意，并不能定论成功或失败。自己是才子词人，即便是布衣终老，也堪比公卿将相。下片起，柳永直接将玩世不恭的态度发挥到极致，考场的失意似乎大大刺激了他纵横情场的决心。烟花深处，有红粉知己解语佳人，此种风流也算是平生畅快之事。青春如此短暂，干脆将追逐浮名换了浅斟低唱。全词充满自信与自负，有佯装的骄傲，也有落第的无奈，那份不屑里面流淌着文人酸溜溜的感觉。虽气度不够宏大，但也算另辟蹊径，别有一番韵味。

柳永说"浅斟低唱"，这话一点不假，宋词在当年是跟音乐相配，用来在宴会上演唱的一种文艺样式，相当于如今的流行歌曲，而柳永正是当年音乐风云榜的金牌词人。"凡有井水处，皆能歌柳词。"他写的词，总是很容易走红，家家争唱，户户传诵。这一点，对普通词人来说非常好，提高曝光率增加知名度，绝对是出名的不二选择。可惜，命运又横生枝节，到了柳永这里，竟演变成了"人红是非多"的悲剧。起因就是这首《鹤冲天》。

柳永在这首词里虽然尽情地发泄了一下自己的不满情绪，但抒发了负能量之后，他就又带着灿烂的阳光心态去备考了。这次竟然真让他考中了！但最后他还是没被录取，原因是什么呢？宋仁宗不答应。柳永的词传唱那么广，皇帝当然有所耳闻，你柳永不高兴了就说我"遗漏"了你这个贤人，说功名利禄还不如倚红偎翠，好啊，既然这样，你就去秦楼楚馆消磨时光吧，何苦来考试？浅斟低唱，何要浮名？于是朱批几个大字："且去填词！"

这柳永也当真是个奇才。按说，如果仕途的大门从此关闭，他应该泪流满面高呼"冤枉"，或者跪求原谅含泪哭诉自己只是酒后狂言，并无冒犯皇上的意思。可柳永非但不如此，还乐呵呵地欣然接受了这一事实。他一面继续考科举，一面跟青楼歌妓们厮混，为她们写词。写完之后，还要在落款的地方，醒目地写下——"奉旨填词柳三变"（柳永原名柳三变）！唯恐别人不知道自己和皇帝的公案，简直让人啼笑皆非。由此，柳永的词流传更广，覆盖面也更大，皇帝的金字招牌倒是为柳永打了一场免费的广告。

那个时候，哪个歌妓能得到柳永的词来唱，必定身价倍增。柳永也丝毫不吝惜笔墨，用饱蘸深情的笔，给莺莺燕燕们写各种情歌，从相思相守到相惜分别，写得哀伤婉转，细腻流畅。很多歌妓都被他词中的感情所打动，由此爱上了柳永。其中最著名的应是《众名妓春风吊柳七》中柳永与谢玉英的一段感情。

据说谢玉英当年在青楼卖唱，特别喜欢唱柳永的词。虽然没见过柳永，但还是忍不住用蝇头小楷抄了很多柳永的词。后来得遇柳永，二人十分投缘，都有相见恨晚之感。于是，谢玉英发誓为了柳永不再接客，柳永也保证自己永不变心。后来柳永到余杭任职，一年后回来找她发现竟不在家，原来是去陪客游玩了。柳永心绪郁结，丢下一首词就离开了。上片追述互许平生的恩爱。下片写因对方疏远而心有怨念又满怀相思，此处选的是下片词。

> 近日书来，寒暄而已，苦没切切言语。便认得听人教当，拟把前言轻负。见说兰台宋玉，多才多艺善词赋。试与问，朝朝暮暮，行云何处去？
>
> ——《击梧桐》

谢玉英回来后，发现柳永竟然真的回来找她，又读了柳永写下的词，心生惭愧，于是到处打听柳永的去处。本来，以身相许乃"青楼惯技"，柳永又是著名的词人，谢玉英当年虽然许诺等柳永，但心里必定没有谱。想不到柳永情真意切，竟然真的找上门来。

谢玉英随后打听到柳永的下落，变卖家当，火速赶往东京名妓陈师师的家找柳永。二人一见，冰释前嫌，乃重修旧好。此后，谢玉英住在陈师师家的东院，再不接客，即便柳永落宿其他妓女那边，她也毫不干涉。陈师师也不吃醋，几个人恩恩爱爱，竟过着比别家夫妻更安稳幸福的生活。古代男子，三妻四妾，明媒正娶尚且争风吃醋，搞得男人焦头烂额。但这柳永，不但妥善处理了歌妓间的关系，而且能令姐妹们彼此扶持，和睦共处，真是古今一大奇观。

不过，柳永的奇闻怪事虽多，但归根结底还是源于一个"情"字。无论是落榜后的吐槽还是定情后的认真，都源于真切地表达自己的感情。从"聚散难期，翻成雨恨云愁"的离愁别恨，到"三秋桂子，十里荷花"的热烈赞颂，柳永的词里涌动的都是真挚的感情。他不隐瞒自己的喜好，也不压抑自己的感情，他爱便是爱，恨便是恨。在表演性那么浓厚的青楼里，逢场作戏是人与人最常见的相处模式。但在柳永的眼里，在他的笔下，那些歌妓如此可爱，与平常人家的姑娘妇人并无不同。贫困潦倒和屡考不中，让柳永更懂得尊重她们，也能更深地理解她们。在一首首抒发感情的词作里，没有丝毫的玩弄、嘲笑，甚至戏谑。他珍惜别人的感情，同情别人的难处。因此，柳永得到了很多青楼女子的拥戴。甚至死后无钱安葬，都是妓女们解囊相助，凑足了他的安葬费。而才艺双绝的谢玉英因柳永之死哀伤过度，不久也过世了，被埋葬在柳永的墓旁。从此，陪伴他的，是生前身后的香艳往事，和千年之后依然动人的缕缕词香。

　　值得关注的是，后人对柳永的认识大多停留在"婉约词宗"上，但柳永的另一些词气势开阔、意境疏朗，颇有些壮美的味道。其中较为著名的就是《八声甘州》。

　　　　对潇潇暮雨洒江天，一番洗清秋。渐霜风凄紧，关河冷落，残照当楼。是处红衰翠减，苒苒物华休。惟有长江水，无语东流。
　　　　不忍登高临远，望故乡渺邈，归思难收。叹年来踪迹，何事苦淹留？想佳人、妆楼颙望，误几回、天际识归舟。争知我、倚阑干处，正恁凝愁！

　　　　　　　　　　　　　　　　——《八声甘州》

　　该词起笔便是壮阔的秋景，一句"潇潇暮雨洒江天"托出了秋天清冷的味道。加上霜风、关河、残楼、红衰翠减，真是一派萧索。尤其是上片的最后一句，江水滚滚无语东流，真是说不尽的落寞与惆怅。

　　转到下片，词人道出了引发浓浓愁绪的诱因，便是古代学子们经常遇到的问题：思乡。古人寒窗苦读就为进京赶考，常常一离开家便是几年光景。那个时候交通不便利，出行时间很长，所以考完试常常留下来等放榜。然后落第的还想复读，高中的要远赴出任，很多时候就这样一年年留在异乡。"少小离家老大回，乡音无改鬓毛衰。"其实都存在这样的问题。柳永更是这样，他屡考不中，长期羁留在外，心里是非常想念故乡的，所以他说"不忍登高临远"，因为故乡缥缈，山长水远，自己想念起来便归思难收。有时候人也会怀疑自己，这么多年在外苦苦漂泊逗留，到底所为何事，是否值得？这样的叩问还没结束，笔锋一转又写起家里的妻子。

　　柳永没有直接写佳人多么想我，多么爱我，而是透过自己的角度去揣度可能发生的情状。他猜想，妻子妆楼凝望，是不是每次看到有归舟都会误以为我回家了呢？而转过来说，她又怎么知道，我此时也是倚着栏杆，正在想着她呢？结尾起伏婉转，韵味无穷。该词写作视角独特，既有深情也有浓愁，属于"思乡"类诗词中的经典之作，也算是柳永作品中意境高远的一类。

　　正是因为有了这样的词，柳永才从婉约的格局中跳脱出来，让后世能够在他佯装浪荡不羁、情色充沛的五彩生活里，隐约看出他内心若隐若现的苦闷与失落，还有那藏匿在秋天里的萧索与辽阔。

张先，字子野，北宋著名词人，擅长慢词。其词多构思精巧，意境含蓄，能与柳永齐名。但也有人觉得张先"情有余而才不足"。不过，这些评论对张先来说，都是浮云过眼，他最引人注目的并不是世俗的虚名，而是热闹火辣丰富扎实的情史。少年时的忘情冲动，老年时的大胆追求，点点滴滴，汇集成张先一生荒唐的情爱史。

张先少时恋爱，曾与一位小尼姑相好。庵中老尼严厉，将小尼姑关在池塘小岛的阁楼上。张先为了去私会，常常在夜深人静的时候偷偷划船过去，小尼姑就悄悄放一个梯子下来，让张先爬上去。后来东窗事发，二人最终分手。张先回忆往事，依然无限留恋，还作了首词抒发情感：

伤高怀远几时穷？无物似情浓。离愁正引千丝

乱，更东陌、飞絮蒙蒙。嘶骑渐遥，征尘不断，何
处认郎踪！

双鸳池沼水溶溶，南北小桡通。梯横画阁黄昏
后，又还是、斜月帘栊。沉恨细思，不如桃杏，犹
解嫁东风。

——《一丛花令》

明明是张先怀念姑娘，他却以女子登高望远追寻情
郎踪迹的口吻来写故事。黄昏后，横梯于画阁上，斜月
依旧，帘栊依旧，却没有了依旧相依相伴的情郎。沉思
又恨，人还不如桃杏，无情之物尚且知道要嫁给春风。
张先以女子口吻写女子心态，既包含了对旧爱的同情和
理解，也抒发了自己对往事的眷恋。尤其是最后三句，
情思饱满，绵绵遗憾挥笔流出，深得时人与后人的喜爱。

俗话说，生活中不缺少美，只是缺少发现美的眼睛。
张先在发现美、描摹美、歌颂美方面，似乎有着天然的敏
锐。他不但写词，还自创词牌来描写美以及美丽的姑娘。

双蝶绣罗裙，东池宴，初相见。朱粉不深匀，

闲花淡淡春。

　　细看诸处好，人人道，柳腰身。昨日乱山昏，来时衣上云。

——《醉垂鞭》

　　这个"醉垂鞭"的词牌正是张先创制的。上片写初相逢时，在宴会上遇到的姑娘，绣蝶的罗裙，淡淡的妆容，如花般娴静的美丽。下片写再相遇时，细看姑娘真是美到极致，杨柳细腰，人人称道。昨晚黄昏山上的云彩，如今都变成姑娘的衣裳。她如神女下凡，周身缭绕着如云的仙衣，其浪漫和飘逸真是活灵活现，仿佛亭亭玉立在眼前。只是不知张先后来与这位美女是否有更风流的故事。

　　当然，张先身上最宝贵的品质是不仅自己忙着追求美女，而且坚决支持并成全朋友们追求自己的爱情。据说宰相晏殊做京兆尹的时候，张先恰好在他手下做通判。晏殊非常欣赏张先的才华，所以常请他来府上做客。每每置酒招之必令一侍女陪伴，还让她演唱张先的词曲。日子久了，晏殊的夫人发现这名侍女实在太得宠，所以恼羞成怒，将侍女撵走了。姑娘走后，晏殊心情不好，终日闷闷不乐。有一天，张先忽然来访，还填了一首《碧牡丹·晏同叔出姬》：

步帐摇红绮。晓月堕，沉烟砌。缓板香檀，唱彻伊家新制。怨入眉头，敛黛峰横翠。芭蕉寒，雨声碎。

镜华翳。闲照孤鸾戏。思量去时容易。钿盒瑶钗，至今冷落轻弃。望极蓝桥，但暮云千里。几重山，几重水。

张先这首词以侍女口吻写别后憔悴心情，如今冷落轻弃的又岂止是钿盒瑶钗，还有凄楚落寞的侍女。晏殊本是差人演唱张先这首词的，唱到结尾"但暮云千里。几重山，几重水"时，只见晏殊神色凄凉，神情悲切，感叹"人生行乐耳，何自苦如此"！随即就命人赎回了侍女。可见，张先的风流已深入骨髓，硬是将自己的情词唱出了晏殊的心声。其精彩程度，非普通意义上的"情圣"可比。

但更精彩的还是张先自己的爱情。八十岁的时候，张先竟然娶了一个十八岁的美少女为妾。耄耋之年，他能做出此等耸人听闻的壮举，立刻吸引了朋友圈的大量关注。以苏轼为首的亲友团得知消息后，迅速前去围观拜访。张先非常高兴，于是出口成章：

我年八十卿二八，卿是红颜我白发。
与卿颠倒本同庚，只隔中间一花甲。

苏轼听后，拍手叫好，当即和诗一首：

十八新娘八十郎，苍苍白发对红妆。
鸳鸯被里成双夜，一树梨花压海棠。

苏轼这首诗很有调侃意味，明显对张先的"老牛吃嫩草"羡慕嫉妒恨。但这诗写得又极好，用梨花比喻白发苍苍的老者，海棠比喻妙龄少女的红颜，无论是表面的描述还是暗指的深意，以花喻人的娇羞姿态，都可谓栩栩如生，楚楚动人。其名句"一树梨花压海棠"也由此备受推崇。张先自然知道苏轼揶揄自己，但他为人豁达，不羞不恼，还哈哈大笑。

可能正是因为张先这样的好心态，所以才能不断刷新自己的爱情记录。八十五岁时，张先再次高龄纳妾，震惊整个北宋文坛。苏大学士再次瞠目结舌！等消化了这个消息后，苏轼再次提笔赠诗给张先："诗人老去莺莺在，公子归来燕燕忙。"言外之意，老张你都这岁数了，别瞎折腾了，等你老死之后，留下小媳妇照样找年貌相当的公子哥儿。但老张心态极好，还跟苏轼和诗，说我就是找个做伴的。都说"人到无求品自高"，但能豁达乐观到张先这个境界，恐怕也算世所罕见了。

张先不但创造了很多浪漫情事，还留下了很多传世佳篇，其中最著名的就是那首《天仙子》：

> 水调数声持酒听，午醉醒来愁未醒。送春春去几时回？临晚镜，伤流景，往事后期空记省。
>
> 沙上并禽池上暝，云破月来花弄影。重重帘幕密遮灯，风不定，人初静，明日落红应满径。

张先说起来的确是个很懂生活的人，他追逐爱情，寻求欢乐，而且还很懂养生，生活得怡然自得，颇让人羡慕。那天他在家听歌吃酒，结果吃饱喝足犯食困，不一会儿就睡着了。午睡醒了，觉得那股惆怅还萦绕在胸，其实就是觉醒了酒还没醒，但文人矫情，硬说是"伤春"。春去春回，四季更迭。青春年华，迢迢往事，忽然在这个午睡的傍晚扑面而来，记忆变得很清晰。

下片转到天色渐晚，暮气罩大地。晚风阵阵，吹开云层露出朦胧月色，吹进园内，吹乱鲜花朵朵。此时，天上地下，月色斑驳，花影婆娑，万物瞬间有了跃动的灵性，而这句"云破月来花弄影"也从此传唱千古。张先被这春色夜色月色花色弄乱了心绪，于是转身从院中离开，回到屋子里，虽然拉上了重重帘幕，还是感觉窗外的风更大了。但世界却在他的心里静下来，明天该是落花满院了吧。其悠悠情思，可谓绵绵不绝。

张先原来有一首词广受好评，叫作《行香子》：

舞雪歌云。闲淡妆匀。蓝溪水、深染轻裙。酒香醺脸，粉色生春。更巧谈话，美情性，好精神。

江空无畔，凌波何处，月桥边、青柳朱门。断钟残角，又送黄昏。奈心中事，眼中泪，意中人。

——《行香子》

　　这首词因"心中事，眼中泪，意中人"一句备受推崇，所以张先有段时间被人称为"张三中"。因为他还有几首带"影"字的词，如"娇柔懒起，帘幕卷花影"（《归朝欢》）、"柔柳摇摇，坠轻絮无影"（《剪牡丹》），还有平生最得意的"云破月来花弄影"（《天仙子》），所以他经常对人说叫我"三中"还不如叫我"三影"，于是大家索性又叫他"张三影"。

　　张三影一生官运不算通达，官位不高，只做到了郎中。但善始善终，坚持做到退休，仕途还算顺当。他衣食无忧、吟风弄月，留下了大把丰满香艳的风流趣事和些许传之后世的名篇佳句，也算小有所成。清代词学理论家陈廷焯评价张先说："含蓄不似温、韦，发越亦不似豪苏腻柳。规模虽隘，气格却近古。"认为他是从小令向慢词过渡中极其重要的一个人，"独开妙境，词坛中不可无此一家"。

　　文学史上的地位固然重要，但纵观其一生，估计唯有写纯情词，留艳情史，才是张先毕生的追求吧！

《宋史》记载，北宋天圣二年（1024），宋祁与哥哥宋庠同中进士，礼部拟定宋祁第一，宋庠第三。但当时的仁宗刚刚即位，掌握实权的是刘太后（章献皇后），她认为长幼有序，弟弟不应该排在哥哥前面，于是将宋庠定为第一名，宋祁定为第十名，并称"二宋"，以大小区分，宋祁因此被昵称为"小宋"。

宋祁虽然在科举上被暗箱操作，但他后来凭借自己的文学才能，硬是在名气上反超哥哥，成为宋代著名的文学家和史学家，并留下了许多脍炙人口的名篇。当然，这其中十分令人艳羡的还有他的爱情奇遇。

据《花庵词选》介绍，某天宋祁宴罢回府，路过繁台街，适逢皇家车队路过，宋祁赶紧让路到一旁。不料，忽然听到有人在车里轻柔地叫了声："小宋。"宋祁一惊，抬头看时，见车帘掀动，有位妙龄少女正微笑着望向自己。小宋心下一动，不觉看得呆了。等车队浩荡而过，他想起刚才那一抹甜笑，顿觉怅然若失。回到家后，小宋想起这次艳遇，提笔写了首词：

> 画毂雕鞍狭路逢，一声肠断绣帘中。身无彩凤双飞翼，心有灵犀一点通。
>
> 金作屋，玉为笼，车如流水马如龙。刘郎巳恨蓬山远，更隔蓬山几万重。
>
> ——《鹧鸪天》

这首词上片写意外相逢，讲自己与彩车相遇，听到了那一声如水的呼唤。下片写别后相思，在车水马龙的街头，自己心里虽有无数的涟漪，却再难与佳人相见。这首作品的语句多化自前人诗词，"身无彩凤双飞翼"和"刘郎已恨蓬山远"皆出自李商隐的《无题》，而"车如流水马如龙"也来自李煜。但小宋的高明就在于，能够将前人写的诗词无声地化入自己的作品，不但毫无违和感，而且为这些词句赋予了全新的意义。所以，这首《鹧鸪天》一经问世就因广泛的接受度而被迅速扩散，很快就传到了宋仁宗的耳朵里。

宋仁宗知道此事后，就在宫中展开了侦查工作。他派人将宫女们集中到一处，然后询问是谁那天在街上碰到宋祁，叫了一声"小宋"。这个时候，有位宫女站出来请罪说，有一次我跟随陛下去侍奉御宴，听到宣召翰林学士，大家都说是小宋来了。那天在街上车子里偶然看到他，未及多想便脱口而出叫了他一声"小宋"。仁宗听后心里有了主意。改日再召宋祁时便问起此事，宋祁惶恐窘迫得有些无地自容。仁宗笑说："蓬山其实也不是很远。"于是将宫女直接许配给宋祁，成就了一段佳话。

不过，真正让宋祁在词史上留名的却不是这首《鹧鸪天》，而是另外一首《玉楼春·春景》。

　　　　东城渐觉风光好，縠皱波纹迎客棹。绿杨烟外晓寒轻，红杏枝头春意闹。
　　　　浮生长恨欢娱少，肯爱千金轻一笑。为君持酒劝斜阳，且向花间留晚照。

这首传唱千古的名篇，上片讲"游春景"，下片讲"恋春光"。上片说风光好，荡波游春，绿柳如烟，春天的清晨裹挟着缕缕轻寒，红杏在枝头开得春意盎然。王国维先生评论"红杏枝头春意闹"这句，认为"著一'闹'字而境界全出"，说的正是春天登上枝头时带给人的喜悦与美好。下片里，词人感慨"浮生若梦，为欢几何"，实在不该因贪恋身外之财而舍弃内心的快乐。在夕阳西下的时候，与朋友举杯对饮，希望这一襟晚照能留下来多陪我们一会儿。

全词语言活泼却不浮泛，意境华美却不伤感，其留恋春天，珍惜时光，善待人生的追求栩栩如生地闪现在字里行间，令人读之忘俗。其中的"红杏枝头春意闹""且向花间留晚照"等句更成为后人耳熟能详的佳句，宋祁更因此被誉为"红杏尚书"，声名远扬。

"红杏尚书"这个名字十分契合宋祁的身份气质。一方面是浪漫多姿的个人生活，另一方面也描述了端正严谨的官阶。两种生活互为补充，交相辉映。

当作为浪漫词人出现时，宋祁不仅写春色满园，写惊喜邂逅，也写美人春睡，芳心几许。

绣幕茫茫罗帐卷。春睡腾腾，困入娇波慢。隐隐枕痕留玉脸，腻云斜溜钗头燕。

远梦无端欢又散。泪落胭脂，界破蜂黄浅。整了翠鬟匀了面，芳心一寸情何限。

——《蝶恋花·情景》

小词勾勒出一位春睡倦倦，迟迟醒来，枕痕还留在脸上，头钗都在睡梦中滚落了的美人形象。回忆起梦里的欢乐，更衬托出现实的孤寂和失落。想着不禁落下泪来，将脸上的胭脂都冲掉了。理好头发和妆容，却难收寸寸芳心丝丝情。虽然只是一首普通的春闺词，但作者描摹之细致，将少妇的心路刻画得活灵活现，一波三折，可见功力之深厚。

当然，宋祁不仅只懂风花雪月的人生，他能高中进士甚至曾被礼部内定为第一，说明他在治国的方针策略上还是很有才能的。

宝元二年（1039），宋祁曾上书皇帝，提出著名的"三冗三费"。"天下有定官无限员，一冗也；天下厢军不任战而耗衣食，二冗也；僧道日益多而无定数，三冗也。三冗不去，不可为国。"简而言之，就是冗官、冗兵、冗僧。在"三费"中又提出道场斋醮、祠庙营建过多，边关官员机构臃肿；主张裁减官员，节俭经费。北宋太宗、真宗、神宗、哲宗等各朝，多在宫中设醮，史不绝书。所以，"三冗"问题也算得上是宋朝的积习了。但不知是否与宋祁直指要害有关，仁宗时期政治清明，这些情况多有好转。

宋祁不但能积极提出自己的政治议案，还能妥善发挥自己的文史天赋。他与欧阳修同修《唐书》，史称《新唐书》，前后长达十余年，《新唐书》大部分内容都为宋祁所做。其间，仁宗本想提拔宋祁做三司使（北宋最高财政长官），但因为他哥哥宋庠出任宰相，所以有人提出宋祁不适宜做三司使，于是皇帝加封宋祁为龙图阁学士，改知州。《新唐书》修成后，宋祁进为工部尚书，第二年又被提拔为拜翰林学士承旨，相当于皇帝的高级私人秘书。就这样，宋祁完成了自己仕途上光辉灿烂的经历。

宋祁从步入仕途到官至尚书，都是在仁宗时期完成的。这一时期，北宋经济繁荣，政治稳定，社会清明，是历史上著名的"仁宗盛治"，而宋代也在此时进入鼎盛时期。宋仁宗性情宽厚，在刘太后的教育下，不事奢华，懂得克制自己，所以四方平稳，文武忠良。而宋祁，作为仁宗的能臣爱将，也是一个克勤克俭懂分寸守礼数之人。他不但经常教诲家人要恭俭，甚至连自己身后事如何料理也交代得颇为细致。

"三日殓，三月葬，慎无为流俗阴阳拘忌也。棺用杂木，漆其四会，三涂即止，使数十年足以腊吾骸、朽衣巾而已。"宋祁认为葬礼及棺木要一切从简，能盛放自己的残骸朽衣就可以了。

"吾学不名家，文章仅及中人，不足垂后。为吏在良，二千石下可著数人，故无功于国，无惠于人，不可以请谥有司，不可受赗赠，又不宜求巨公作志及碑。"即便文史功底扎实，能修唐史，但宋祁依然谦逊地认为自己所学甚浅，不足以垂名后世。虽然他提出了著名的"三冗三费"方略，且身居要职，但还是认为自己对国家没什么功劳，对社会来说也没什么政策能惠及人民，所以不需要谥号，而且告诫子孙不要请名人为自己撰写墓志铭及碑文。

　　"冢上树五株柏，坟高三尺，石翁仲兽不得用，盖自标置者非千载永安计尔。不得作道佛二家斋醮。"宋祁怕后代将坟墓修得太豪华庞大，连坟高几尺冢上植树几棵都有明确规定，而且要求不得做佛道法事。

　　"吾生平语言无过人者，慎无妄编缀作集。"在《治戒》的最后，宋祁还是反复叮嘱家人，说自己平生语言无过人之处，千万不要编缀成集。

　　以宋祁的文史水平、官位品阶，如果想大张旗鼓地宣传自己，估计很容易做到，至少花边八卦会更加多姿多彩。但他从没以此炒作，除了繁台街那次电光火石般的偶遇，他一生低调、朴实，就这样简单平常地走完了自己的一生。

　　　　少年不管，流光如箭。因循不觉韶光换。至如今，始惜月满、花满、酒满。
　　　　扁舟欲解垂杨岸，尚同欢宴，日斜歌阁将分散。倚兰桡，望水远、天远、人远。

　　　　　　　　　　　　　　　　——《浪淘沙》

少年时，岁月如梭光阴似电，但少年的生活变化小，所以并不觉得年华流转。到如今当人真的变老，才开始珍惜月满、花满、酒满。月满似花好月圆，花满如才子佳人，酒满乃高朋满座。扁舟欲解，夕阳低垂，欢宴分散。倚船远望，水远、天远、人远……这遥远而忧伤的旅行，充满了离别的悲凉。匆匆人世，来来往往，花开了要谢，人聚了又散，心灵的小舟兀自漂泊在生命的大海中。浮生长恨欢愉少，也许唯有孤独和别离，才是人生的常态吧。

嘉祐六年（1061），宋祁过世，年六十四。其子遵守《治戒》的训导，不请谥号。后来张方平认为宋祁按礼法应得谥，于是为宋祁请旨，得谥号景文。

潇洒贵公子 千古伤心人

——晏几道

晏几道，字叔原，号小山，出身名门，才华盖世，被誉为"宋词小令第一人"。晏几道是宰相晏殊的第七子，晏殊晚年得子，自是万般宠爱。晏几道天资聪颖，七岁就能写文章，十四岁参加科举高中进士，家中平素穿梭往来者非富即贵。晏几道作为宰相幼子，生活上无忧无虑，官场上顺风顺水，个性上清高疏狂。这阶段的词多描写此类生活。

春从何处归，试向溪边问。岸柳弄娇黄，陇麦回青润。

多情美少年，屈指芳菲近。谁寄岭头梅，来报江南信。

——《生查子》

　　官身几日闲，世事何时足。君貌不长红，我鬓无重绿。

　　榴花满盏香，金缕多情曲。且尽眼中欢，莫叹时光促。

——《生查子》

　　晏几道仰仗父亲的官阶和威望，生活得潇洒自在。直到父亲去世，晏几道才发觉一直依靠的大山轰然坍塌，自己春风得意的日子从此风流云散，像所有曾被命运眷顾又被抛弃的人一样：他迅速从娇生惯养、清高任性的公子，变成了家道中落、潦倒落魄的贵族。这里当然有"人走茶凉"的世态炎凉，但跟晏几道的性格也不无关联。

　　黄庭坚深知晏几道的个性，他在给《小山集》作序时，说自己这位朋友实在是一个"痴人"。第一，老爸晏殊当官时候培养了很多人，但小山都不愿攀附。第二，小山写得一手好文，却不肯以此做仕途敲门砖，不愿应付考试作官样文章。第三，小山家产丰厚但仗义疏财，最后穷到令家人常常面有菜色。第四，无论别人怎么辜负他，他都不会记恨，反而始终对他人深信不疑。所以，黄庭坚的结论是：痴人！

　　古人讲"痴"，相当于今天说的"不识时务"。小山的父亲晏殊当年爱好文学，提拔了不少文人，范仲淹、欧阳修等都跟晏家常有往来。他们在某种程度上都很赞赏小山的文学才华，却都不太喜欢小山性格中的骄傲，希望他能谦虚谨慎些。但小山全然不顾这些明示暗示，照旧我行我素，丝毫不去逢迎官场中的人，所以他官位低微，始终不能飞黄腾达。

　　黄庭坚曾说小山："固人英也，其痴亦自绝人！"意思是，小山的聪明才智绝对是人中豪杰，但其痴绝也非常人可比。这倒是有点像《红楼梦》中的贾宝玉了，在虚拟的文学世界里他们聪明绝顶，在残酷的现实生活中他们寸步难行。因为他们看待社会人情的角度和眼光与常人有别，所以经常被世人看成"傻里傻气"，不肯摧眉折腰事权贵。小山正是这种人。他经历过冷遇，承受过白眼，深味世态炎凉的悲哀，但他没有沉沦，他将这种复杂的情绪和感情，交付给文学，寄托于爱情。

　　梦后楼台高锁，酒醒帘幕低垂。去年春恨却来时。落花人独立，微雨燕双飞。

　　记得小蘋初见，两重心字罗衣。琵琶弦上说相思。当时明月在，曾照彩云归。

——《临江仙》

　　小山写过很多怀念歌女的词，这首《临江仙》正是他深负盛名的佳作，历来被看作婉约词中的绝唱。上片写残梦醒来，见到帘幕低垂，去年春天离别时的愁绪再次袭来。孤独的词人默默站在庭中赏花，片片落英正如他凋零的心事。而庭中燕子正欢乐地在细密的春雨中双飞，此情此景，令词人更添寂寞。孤独的人，双飞的燕，也在这样的对比下，映衬出心境的凄美。

　　下片起，小山开始回忆往事，想起初遇小蘋时，她穿着绣有双重"心"字的罗衣，暗含心心相印之情。轻柔的手指弹着美妙的琵琶，诉说着无尽的相思。良辰美景，才子佳人，赏心乐事。那晚明月当空，曾经照亮了小蘋回家的路，而她美丽的倩影也如月夜的彩云，始终萦绕心头，挥之不去。前尘往事，在这样一个酒醒后的夜晚清晰地记起，虚实相应，时空交错，从现实的景物写到心中的真情，虽有孤单之意，却无愁凉之感。月夜里的深情，细雨中的飞燕，落花下的词人，也从此被赋予了蕴藉深远的神韵，传唱千古。

陈廷焯在《白雨斋词话》中称赞这首词"既闲雅，又沉着，当时更无敌手"。千年后，人们再读《临江仙》不免感叹，后世也罕见敌手。值得注意的是，小山在这首词里提到的小蘋，还有另外莲、鸿、云等几位美丽聪明的歌女，都是小山词中经常闪现的名字。这些姑娘原是小山的两位好友陈君龙和沈廉叔家里养的歌女，因为聪明伶俐，所以在小山他们几人举杯畅饮时，常常被请来唱歌助兴，醒酒解闷。但有时候，流行的歌词粗鄙难听，于是小山就亲自动手撰写，让歌女们演唱。

可惜好花不常开，好景不常在。后来陈君龙病重，沈廉叔身亡，两家的歌女多被遣散，各自带着小山的词作流落民间。她们依然在唱小山词，唱其中的盛衰、悲欢、离合，唱自己身世的飘零，也唱小山对命运的哀愁和叹息。而此时，小山也在追忆逝去的快乐生活，这首《临江仙》正是怀念歌女小蘋之作。

都说人生一世，草木一秋，所以无数官场中人都希望用自己的拼搏奋斗换来仕途的如意，但晏几道却不肯写官样文章示人，而是将数不尽的柔情给了深夜里的相思、梦醒后的惆怅。"无翼而飞者，声也；无根而固者，情也。"小山正是以无比深情的笔触，为后世词史写下一曲曲绝唱。

> 彩袖殷勤捧玉钟，当年拚却醉颜红。舞低杨柳楼心月，歌尽桃花扇底风。
>
> 从别后，忆相逢，几回魂梦与君同？今宵剩把银釭照，犹恐相逢是梦中。
>
> ——《鹧鸪天》

读小山词，似乎总能发现一个迷离婉约的梦境——在那里，他与情人约会，与往事干杯。如梦似幻，常常分不清哪里是现实，哪里是梦境。这首《鹧鸪天》也是从回忆入手，写当年与"你"相会时，你衣着华美俊秀多情，殷勤地劝我饮酒；而我也在这份热情中痛饮，醉到满面通红。纵情歌舞，直到月亮退去黎明将至，直到快乐地手摇桃花扇摇到精疲力竭。

尽情尽兴后便是离别。离别后，总是回忆相逢相遇的时刻。魂牵梦绕，几次在梦中都与你重逢。今夜真的与你相逢，却有种恍惚不真实的感觉，一次次手把银灯细细看去，害怕这次的相逢又是自己虚幻的美梦！

"久别重逢"本是人生常态，把酒言欢，涕泗横流，或言别后经历，或叹人世变迁，千言万语涌上心头，万千感慨皆是人之常情。但到了小山手里，重逢却变得梦一般缥缈迷离。前尘如梦，多少次梦醒后的惆怅失落，已经让人不敢再相信现实。能够把梦境描绘得如此真实，又将现实描写得如此梦幻，恐怕非小山莫属。冯煦说小山是"古之伤心人也"，又说他与李煜、秦观都是"词中美少年"，说的也正是这份"用情至深"。因为只有少年的真纯之心，才能让感情散发出沁人心脾的芳香。而小山词，几乎每一首都弥漫着醉人的花香与酒香。

> 醉拍春衫惜旧香，天将离恨恼疏狂。年年陌上生秋草，日日楼中到夕阳。
>
> 云渺渺，水茫茫，征人归路许多长。相思本是无凭语，莫向花笺费泪行！
>
> ——《鹧鸪天》

　　这首《鹧鸪天》，起笔又是一个"醉"字，醉后方知酒浓，爱过才知情重。醉拍春衫，依然怜惜衣服上旧情人遗留的香气。想到这里，不由得怨天尤人，老天总是用离愁别恨，来困扰我这疏狂之人。秋草年年满原野，楼前天天落夕阳。但是山水缥缈，征人的归路啊，还是无比漫长。相思这样的感情本来就是无从诉说的，所以我还是收拾好心情，不要在书信里白白浪费感情了吧！可是，除此之外，词人对排解忧愁，似乎又别无他法。"莫向花笺费泪行"虽然说得决绝凄婉，却更衬托出词人的一片深情。而"天将离恨恼疏狂"，某种程度上，也是其落拓不羁的性格写真。该词寂寞中有洒脱，潇洒中有失落，可谓形神兼备，情深味浓。

　　晏几道在父亲亡故后，曾去投奔过父亲生前的朋友。但世易时移，当年仰望晏殊的人如今也就微微俯视晏几道而已，淡淡地说几句，你的性子还是要收敛些。晏几道哪里受过这样的冷淡，于是终其一生都再也不肯去结识富贵名流。世态炎凉，让这位情深又率真的贵公子，变得更加任性猖狂，变成黄庭坚口中的"痴人"！

　　黄庭坚虽然生活也很坎坷，但总算是晏几道朋友里最有名气的人了。黄庭坚为小山前途计，常在老师的面前称赞小山的才华，终于慢慢引起了老师的注意。黄庭坚的老师也是爱才怜才之人，所以便托黄庭坚转达，想见一下晏几道。但晏几道并不领情，他说："现在朝中大官，一半都出自我父亲的门下，想巴结的话，早就下手了。"于是，黄庭坚老师的面子就这样被驳回了。

而这位老师正是中国文学史上鼎鼎大名的苏东坡。苏东坡也是率真之人，如果他真能与晏几道相逢，其惺惺相惜可能会对词学的发展产生一定的作用，甚至会改写晏几道的人生。可惜这些猜测终究无法验证，而晏几道也只能沿着自己的道路坎坷前行，并不断回忆那些塞满爱恋与深情的日子。

　　淡水三年欢意，危弦几夜离情。晓霜红叶舞归程。客情今古道，秋梦短长亭。

　　渌酒尊前清泪，阳关叠里离声。少陵诗思旧才名。云鸿相约处，烟雾九重城。

——《临江仙》

斗草阶前初见，穿针楼上曾逢。罗裙香露玉钗风。靓妆眉沁绿，羞脸粉生红。

流水便随春远，行云终与谁同。酒醒长恨锦屏空。相寻梦里路，飞雨落花中。

《临江仙》

醉别西楼醒不记，春梦秋云，聚散真容易。斜月半窗还少睡，画屏闲展吴山翠。

衣上酒痕诗里字，点点行行，总是凄凉意。红烛自怜无好计，夜寒空替人垂泪。

——《蝶恋花》

晚年的晏几道，才情和名气早已超过了父亲晏殊。权势正盛的蔡京都忍不住来求晏几道写词。晏几道推托不掉，便写了两首《鹧鸪天》，但只是歌咏太平，完全没提蔡京。年逾古稀，依然任性猖狂，痴心不改。

宋徽宗大观四年（1110），晏几道安然离世。所有的富贵与寂寞都烟消云散了。唯有他呕心沥血的《小山词》，历久弥新，依然在讲述着他一生的潇洒与寂寞……

杯中酒 手底文
月下美人
——欧阳修

都说诗酒趁年华！诗与酒是古典生活中最令人惬意开怀的。对酒当歌人生几何，从刘伶醉酒杜康佳酿，到李白斗酒诗百篇，说起酒朋诗侣的故事来，实在是车载斗量，不可胜数。但能喝到文学家这个段位的，古往今来倒并不多见。能喝出典故，喝出情怀，喝出人生态度的恐怕就只有欧阳修一人了。

欧阳修，字永叔，号醉翁，是北宋时期著名的政治家，是不可多得的文学巨匠。欧阳修童年生活比较坎坷，父亲在他三岁的时候就过世了，母亲无奈，只能带着他投奔叔叔。虽是寄人篱下，但欧阳修的母亲是大家闺秀，很重视对孩子的教育，经常拿着荻秆在沙地上教欧阳修写字。而欧阳修叔叔虽然家境并不富裕，但对小侄子也是关怀备至，嘘寒问暖。所以，欧阳修的童年生活可说是比较幸福的。春风化雨般的家庭教育让欧阳修养成了良好的习惯。

很多人天生聪明却生性懒惰，年轻时或可依仗才气出类拔萃一段时间，但因不能踏实积累，及至中年后反而没什么成就。欧阳修却不是这种人。他不但聪敏好学，从别人家借书抄读，书还没抄完，已经能背诵了；而且勤奋刻苦，手不释卷，习作诗词歌赋，文笔老练生动。他的叔叔从他身上看到了家族的未来，于是对欧阳修的母亲说，这个孩子以后不但能光宗耀祖，而且必然闻名天下。在全家人的精心培育下，小欧阳修茁壮成长，度过了美好的少年时代。

前两次科举欧阳修都意外落选，到了1029年，他在国子监组织的考试中，先后取得三个第一名，连中三元（监元、解元和省元）。欧阳修信心满满，觉得自己肯定会中状元，于是做了一身新衣裳，准备殿试再穿。结果，有天晚上，比欧阳修小几岁的同学王拱辰，把欧阳修的袍子翻出来穿到自己身上，还淘气地说："哎呀，我穿上状元袍子啦！"估计当时肯定闹得大家哭笑不得。没想到殿试的时候，这个王拱辰真的高中状元，欧阳修却被仁宗评为二甲进士及第，唱十四名。虽然没得状元，但欧阳修名次不错，所以仕途生活还是热辣辣地铺开了。

在初入仕途的前三年里，欧阳修少时的勤奋开始结出累累硕果，他凭借自己的天分和努力，开始在文坛声名鹊起，并与号称"宋诗开山鼻祖"的梅尧臣等人结下了深厚的友谊。1032 年，欧阳修与梅尧臣在洛阳城东故地重游。世易时移最能牵动心情，欧阳修对人生的聚散无常很是感慨。

　　　　把酒祝东风，且共从容，垂杨紫陌洛城东。总是当时携手处，游遍芳丛。
　　　　聚散苦匆匆，此恨无穷，今年花胜去年红。可惜明年花更好，知与谁同？

　　　　　　　　　　　　　　　　　——《浪淘沙》

这首词起笔就奠定了该篇的基调：把酒祝东风，端起酒杯，问候春天，希望你能与我相伴。洛城繁华，街道宽阔，垂柳依依。去年此时，我们就是这样携手游春，遍览花丛。上片的回忆很快截住，下片从故地重游的感慨，升华到人生无常的层面。"聚散苦匆匆"，人生聚散，总是匆匆忙忙，时光不肯为任何人停留，只能让我们多添遗恨。今年的花开得比去年更美丽，可惜，即便明年的花开得比今年还要艳丽动人，也不知道该与谁同行赏春？

在抚今追昔的时候，又不免感慨未来。在去年、今年、明年的时光交织里，欧阳修看到了人生聚散背后的无奈与无常。明年的花可能开得更好，但没有了知己相随，再旖旎的春色也变得无所谓，于是赏春之后不免留下伤春的叹息。那么，不如"把酒祝东风"，好好珍惜时光，把握当下相聚的欢乐。故而后人赞这首《浪淘沙》"深情如水，行气如虹"。这八个字似乎也是对欧阳修品行的概括。而"把酒"一事由此成了欧阳修生活的常态。

欧阳修的这一习惯估计跟初入仕途时的领导钱惟演密切相关。钱惟演出身贵族，非常欣赏青年才俊。欧阳修等小官初入职场，本来可能要做些琐碎的事情，但钱惟演从不让这些小事打扰他们，还经常在经济上资助他们吃喝玩乐。于是，欧阳修经常找小伙伴出去游山玩水，组团吟诗作赋，也有了更多的时间、精力和热情去打磨自己的古文。他效仿先秦古法，打破陈腐的积习，探索

出了平易朴实的文风，将古文发展推向了新的高峰。当
然，在推动古文进步的同时，欧阳修也积极从事自己一
生钟爱的饮酒事业。

> 堤上游人逐画船，拍堤春水四垂天。绿杨楼外
> 出秋千。
> 白发戴花君莫笑，六幺催拍盏频传。人生何处
> 似樽前！
>
> ——《浣溪沙》

欧阳修不但喝酒，而且喝出了很多花样。他组织大
家围坐一团，然后传酒杯接力，传到谁谁就喝酒。游客
与画船穿梭往来，绿柳依依，春水拍岸，人生还有什么
快意的事能比得上畅饮杯中美酒呢？欧阳修饮得酣畅淋
漓，醉得忘怀得失。人生在世，总该有几次这样的恣意
妄为吧！所谓"醉翁之意不在酒"，正是欧阳修留给后世
的精神瑰宝。

嘉祐元年（1056），欧阳修的朋友刘敞被任命为扬州
太守，在饯行宴会上，欧阳修很是感慨，作了一首《朝

中措》相赠：

> 平山阑槛倚晴空，山色有无中。手种堂前垂柳，别来几度春风。
>
> 文章太守，挥毫万字，一饮千钟。行乐直须年少，樽前看取衰翁。

早在 1048 年，欧阳修曾做过扬州太守。他在扬州城大明寺修建了一座"平山堂"。多年之后，欧阳修已回朝做了高官，但朋友将要去扬州，少不得心里百感交集。所以他为朋友描述了那里的景色：平山堂外朗朗晴空，山色迷蒙似有还无。当年我亲手种下的垂柳，转眼间离开它们已经好几年了。这两句看似闲话，却将世间变化藏于无形，纳于笔端，无数心事被掩于垂柳春风之中。下片欧阳修又写到自己，说我这个太守很喜欢写文章，下笔就是万言。这个太守也很喜欢喝酒，痛饮便是千杯。最后两句，他又提醒年轻人，行乐要趁年少啊，不然你看樽前的那个老头儿已经衰弱得快不行了！

彼时，欧阳修已近知天命的年龄，"衰翁"二字看来似乎有些消极，但通篇读来却毫无迟滞感。而且，欧阳修词中的苍凉顿挫、沉郁豪迈，都随之滚滚而来。虽然是劝人珍惜时光，又逢饯别知己，但丝毫没有颓废之情，反给人阔达乐观之意。

欧阳修的仕途不像晏殊那么平顺，他几次被贬，宦海沉浮，对时事、世事与人事看得分外透彻。但欧阳修从未被这些仕途的坎坷打倒。"座上客常满，樽中酒不空"一直是他的座右铭，他将岁月给予他的磨难全都消化掉，化成醉卧红尘的潇洒，纵论古今的豪放。正是这样的心胸和气度，才成全了他文学上的地位和成就。

在苏轼还没有成名前，欧阳修无疑是文坛泰斗。这样级别的人常常是不愿意退居历史二线的，有些人甚至会霸占资源、打压后辈，妄图巩固自己的地位。但欧阳修胸襟开阔，为人放达，敢于提携后辈。相传，苏轼兄弟双双中进士不久，欧阳修偶然读到苏轼的文章，心中很是称赞。他慧眼识珠，看出苏轼将来必成一代文豪："吾老矣，当放此子出一头地。"此事不胫而走，一时被引为文坛佳话。后来，欧阳修在和儿子议论文章的时候，提到苏轼，说三十年后便没有人再提起自己，恐怕"只知东坡，不知欧阳"。

　　尽管知道历史的规律始终是"新人换旧人"，但欧阳修依然坚持扶持后辈，曾巩、王安石等古文大家，在还是布衣时，都得到过欧阳修的提携和赞赏。与此同时，欧阳修的学习热情丝毫没有随着岁月的流逝而变淡。晚年的欧阳修经常将自己年轻时的文章拿出来修改，他的妻子劝他说："都这么大岁数了，何必费这个心。你又不是小孩子，难道怕先生骂？"欧阳修说："不怕先生骂，却怕后生笑。"欧阳修的勤奋刻苦最终成就了一代文学巨匠，他被后世列入"千古文章四大家""唐宋散文八大家"。

　　除了杯酒文章外，欧阳修词作的另一个主题就是闺愁。

　　　庭院深深深几许，杨柳堆烟，帘幕无重数。玉勒雕鞍游冶处，楼高不见章台路。
　　　雨横风狂三月暮，门掩黄昏，无计留春住。泪眼问花花不语，乱红飞过秋千去。

　　　　　　　　　　　　　　　　　　——《蝶恋花》

　　这首《蝶恋花》写的是深闺伤春之情。从上片庭院深深的寂寞，到下片的春光不复美人迟暮，欧阳修细腻地描绘了女主人公想见意中人，苦盼意中人，见不到意中人的情感变化过程。从深深庭院重重帘幕，到风狂雨骤乱红秋千，欧阳修用笔独特，层层深入，用无言的"景语"衬托出无言以对的"情语"，情致深婉，令人动容。这首词也被誉为欧阳修闺情词中的典范。

　　除了楼上美人，欧阳修还写月下美人。

　　　　去年元夜时，花市灯如昼。月上柳梢头，人约黄昏后。

　　　　今年元夜时，月与灯依旧。不见去年人，泪满春衫袖。

　　　　　　　　　　　　　　　　——《生查子·元夕》

　　这首词是欧阳修的代表作。有传可能是朱淑真或秦观所作，不可考。也有人认为是欧阳修怀念第二位妻子时所作，亦不可考。但不管其诞生原因是约会还是悼念，这首《生查子·元夕》无疑都是描写中国元宵佳节的绝赞之作。

古代的"元宵节"相当于如今的"情人节"，《岁时杂记》云："自非贫人，家家设灯。"《东京梦华录》里说，元宵节时"灯山上彩，金碧相射，锦绣交辉"。宋朝经济发达，遇到元宵节更是放五天长假，举国同庆。在这样人山人海、亮如白昼的夜晚，青年男女的幽期密会，就慢慢展开了。

去年的元宵佳节，花灯璀璨，词人与意中人月下相约。今年佳节重逢，月在，灯在，蓦然回首时，发现不见了去年的佳人，其怅然若失之情犹如一支忧伤的乐曲，盘旋耳畔，久久不散。这似乎又在某些方面暗示了人生的无常。"人生何处似樽前"，有时候，"行乐直须年少"，珍惜眼前，活在当下，真的是比什么都重要。欧阳修是北宋诗文革新运动的领袖，因喜好喝酒所以号醉翁，晚年号六一居士。这一生，盛名，清酒，美人，世间男人的终极梦想，都被欧阳修一一实现了。

第五章

文人的天空

成败皆起于澶渊

——寇准

波渺渺，柳依依。孤村芳草远，斜日杏花飞。
江南春尽离肠断，蘋满汀洲人未归。

——《江南春》

那些被贬官的日子里，化不开的浓愁是寇准最熟悉的情绪。落日、孤村、斜雨，依依绿柳，渺渺烟波，春将尽，人未归。时光飞逝，自己依然是他乡过客。前尘往事，历历在目，但恍然又觉得那是很久以前的故事。

寇准一生风光，宋太宗时官至副宰相，很受倚重。及至真宗前期，更是官至宰相，一人之下，万人之上，很得真宗的信赖。但历史的轮盘缓缓旋转，时光碾压后的碎片里，有信任，有怀疑，有倚重，有抛弃……春色将逝，莺声渐老，遍地落红。烟雨蒙蒙的季节最适合怀念往事。倚楼无语，只看到长空暗淡，天连衰草。寇准将这样夕阳残照的景致、失望落寞的心情，都写进自己的词里。

> 春色将阑，莺声渐老，红英落尽青梅小。画堂
> 人静雨蒙蒙，屏山半掩余香袅。
> 密约沉沉，离情杳杳，菱花尘满慵将照。倚楼
> 无语欲销魂，长空暗淡连芳草。
>
> ——《踏莎行·春暮》

像寇准这样的历史人物，曾深深影响过宋代历史，甚至说他曾改写过历史也不为过。但无论有过怎样辉煌的经历，晚年的寇准却被贬官到雷州。遥远的故乡，难舍的仕途，都在春天的暮色中渐渐升起，化作心头泛起的苦涩记忆。也许人生像一枚有故事的硬币，A面是惊心动魄的夺权，血雨腥风的战争，高端大气上档次的滚滚时代洪流；B面却是数不尽的悲欢离合，恨无常的喜怒哀乐，跨不过的平凡四季。于是，在代代相传的故事里，有绵绵不绝的历史，也有跌宕起伏的人生……

寇准原本出身望族，天资聪慧，勤勉好学，二十岁就高中进士，很得太宗的赏识。据说当年宋太宗选官时，喜欢选些年老持重的人，于是有人偷偷跟寇准说，不如把年龄填大一点，结果寇准断然拒绝了这提议。"准方进取，可欺君耶？"他觉得自己刚踏入仕途，怎么能一开始就撒谎呢？这种高冷的气质硬是把别人的好意给驳回了。按理说，古代为官应该随方就圆，才更容易借力使力，青云直上，但寇准完全不受这种约束的限制，就这样任性地开始了自己的仕途。也是后来，人们才渐渐发现，寇准的任性来源于太宗的宠爱。

比如有一次，宋太宗因为寇准所奏之事跟自己意见不合，一气之下拂袖而去。说起来，宋朝皇帝的修养真是相当不错，朝政出现纷争常常先克制自己，即便真的发怒也顶多拍案而起，不像其他朝代的一些皇帝，一言不合立刻拉黑，拖出去就斩了，群臣的脑袋犹如球场上的球，分分钟面临"搬家"的危险。所以，宋太宗虽然生气，也只是拂袖离开而已。没想到这么点小愿望也不能实现，宋太宗回头一看，寇准居然上前一步拉住了自己的袖子，硬是把太宗拉回到御座上，直到问题最终解决。宋太宗说到底也是个"奇葩",不但不生气,还在此事过后逢人就夸寇准,"朕得寇准,犹文皇之得魏徵也"。自唐之后,"魏徵奖"或算得上是官方认定的公务员系统内部最高奖了,相当于如今电影界的奥斯卡奖。寇准被太宗这样认定,相当于颁发了"终身成就奖",外加"特别贡献奖"。某种程度上,寇准可以说是沾了敢于"直言进谏"的荣光。

但寇准这性子用好了是无往不胜的利剑,用不好也有摧折的时候。有一次他跟人发生争吵,当着宋太宗的面就跟其他官员互相揭短,惹得太宗龙颜大怒,把他贬往青州。宋太宗当然不是不爱他,而是爱之深责之切,希望他能在外面吃点苦头收敛下性子,更懂方圆之道。所以一年后,宋太宗完全不顾周围人的挑拨,力排众议,召寇准回京,并擢升为副宰相。

寇准返京,宋太宗喜出望外,多少有点撒娇的意思,把自己患了病的脚丫伸给寇准看,还嘟嘟囔囔:"你怎么来得这样迟?"旁人都看得出太宗神采里的那份亲密了,不料寇准毫不领情,很官方地说:"臣非召不得入京。"意思是你把我流放出去,现在还来怨我离开你吗?宋太宗卖萌失败，还碰了一鼻子灰，一腔相思的热情都被冷成满腹冰水，知道寇准这棱角，就是再过多少年，也是不能磨平的。

虽觉无奈，但宋太宗对寇准的信赖却丝毫不减，此番召他回京，正是要商讨"立太子"一事。古往今来，"立太子"始终是牵动各方政治利益的最终博弈。这里既含着天下的重任，也涉及皇帝的家务事，无数文臣武将都在"皇储废立"的事情上栽了跟头，有的背了一世恶名，有的虽一时得势却最终惹来杀身之祸，赔了官位，丢了性命。在这场激烈的皇权争夺战中，绝少有人能全身而退。就是宋太宗本人，到底是继位还是篡位也是众说纷纭。而如今，这样刀光剑影的敏感话题，正摆在寇准的面前。

寇准略一思索，马上回太宗，说这种立太子的事，有三种人的意见不能参考：一是后妃，二是宦官，三是近臣。言外之意，这三种人由于和太子都有密切的利益关系，肯定会推荐对自己有利的人。太宗一听，深以为意，赶紧屏退了周围闲杂人等，和寇准进一步商量。太宗问："襄王怎么样？"寇准一听皇上心中已经有了人选，于是顺水推舟，说："知子莫若父。"太宗很高兴，觉得寇准和自己心意相通，非常高兴，于是果断立襄王赵恒为皇太子，也就是后来的宋真宗。对于这种世纪性难题，寇准都能轻松化解，可见他审时度势方面确有特长，宋太宗素来宠爱他也不是没理由的。

宋太宗对寇准的宠爱似乎还不止于此。据说有人给太宗进贡了通天犀，太宗就命上等工匠做成两条漂亮的腰带，一条自己用，一条赐给寇准。他们虽然没用一个鼻孔出气，却系上了限量版的同款腰带，可见二人情深意切，非比寻常。但人生的欢愉总是短暂的，更多的是连绵不断的离别，千姿百态的考验。

太宗离世真宗继位之后，宋朝与辽国间的战事愈加紧迫，双方长久对峙难分胜负。金庸先生曾在《天龙八部》里描写过这段大历史下很多解不开的刻骨仇恨。当时的辽国军队大举入侵，宋朝军队不敢应战，朝廷里主战派与主和派各执一词。寇准力主抗敌，而且信心百倍，不但用自己的勇气和热情深深打动了宋真宗，还成功说服了真宗御驾亲征。结果，辽国军兵临城下，宋真宗吓得魂不附体，赶紧派人去寻寇准的踪影。

　　此时的寇准，正在城楼上与将士们饮酒，碰杯声罚酒声朗笑声声声入耳，响彻内外，连契丹军营里都听得到。城外危机四伏，寇准却在城头谈笑风生，其孔明般的从容淡定深深鼓舞了真宗。真宗大喜："寇准如此，吾复何忧？"随后，在真宗亲征的鼓舞下，将士们的斗志被激发出来，澶渊之战宋军大获全胜。但宋真宗毕竟胆小，好端端的战胜国，竟然以妥协退让求团结，以纳税进贡换和平，签订了颇有争议的澶渊之盟。

　　事情似乎还没有结束。战争的硝烟还没散尽，便有人挑拨离间，跟真宗打小报告，说寇准用皇帝的生死安危给战争的成败下赌注，实是对皇帝的大不敬。真宗想想，也觉得自己被寇准忽悠了，心里渐渐生出了隔阂。日久天长，寇准为人耿直，得罪了很多同僚，众口铄金，真宗果然慢慢猜疑起寇准来。寇准一生最为人称道的就是澶渊之战的胜利，但也因此被真宗疏远。真是成也澶渊，败也澶渊！

　　寇准为人正直坦率，识人的眼光却很差。早年时，老臣王旦十分赏识他，并在太宗面前推荐他做宰相。他不但没有感恩老臣的提携，还经常上奏折揭发王旦的短处，闹得连太宗也替王旦叫屈。不懂善待前辈不说，寇准门下居然还出了丁谓那样的奸臣。丁谓也是寇准推荐的，但后来经常联合其他人排挤寇准，一直将寇准挤出朝廷，被贬官到千山万水之外，方才事罢甘休。

　　寇准在被贬官外放这段时间创作了一些诗词，多是"萋萋芳草喻离情"的主题，惆怅中牵扯出许多对君王的感念。多年的宦海沉浮，都随着岁月慢慢消散，唯有当年太宗伸足疾的那份亲昵，随着仕途的跌跌起起，人生的坎坎坷坷，显出更深的恩宠和情义。

<blockquote>
虚堂寂寂草虫鸣，欹枕难忘是旧情。
斜月半轩疏树影，夜深风露更凄清。
</blockquote>

《虚堂》

　　1023 年，寇准发觉自己的身体越来越差，六十三岁的他似乎对未来多了一丝敏锐的察觉。他派人赶回洛阳老家取来当年太宗所赐的那条腰带。九月初七，他焚香沐浴，更换朝服，束通天犀带，向北朝拜，随后安然躺于卧榻，悄然离世，病死在雷州。

　　同年九月二十三，宋仁宗决定调寇准回到离京较近的衡阳任职。但此时，寇准离世的消息正奔跑在送往京城的路上。

　　两条消息一喜一悲，在人生长路上，在快马加鞭下，竟然就这样擦身而过了。

中国传统文人的生活标配，基本是"一团和气，两句歪诗，三斤黄酒，四季衣裳"。所谓"学而优则仕"，所求也不过是宽裕的物质生活和从容的精神世界。而将这两方面生活演绎到几近完美的，莫过于北宋宰相晏殊。

晏殊，字同叔，十五岁的时候应神童试，宋真宗召他跟上千进士同廷应考，结果小晏殊从容镇定，提笔成文。真宗大喜，赐晏殊进士出身。过了两天，又要考诗、赋、论，晏殊拿过题一看，赶紧上奏，说皇上这些题我之前做过，请换另外的题来测试我。真宗被晏殊的才华和真诚打动，非常赞赏他的态度，留他在秘阁继续读书深造，很快升至翰林学士。此后的晏殊仕途虽偶有小波折，但总体上平稳坦荡，非普通人所能比。

都说性格决定命运，但命运有时候也能影响性格。

比如晏殊，他早早过上了衣食无忧的日子，在很多年轻人为功名利禄挤破头时，晏殊已经开启了闲雅自如的人生新高度。

　　　　槛菊愁烟兰泣露，罗幕轻寒，燕子双飞去。明月不谙离恨苦，斜光到晓穿朱户。
　　　　昨夜西风凋碧树，独上高楼，望尽天涯路。欲寄彩笺兼尺素，山长水阔知何处？

　　　　　　　　　　　　　　　　　——《蝶恋花》

　　这首《蝶恋花》是婉约词中的名篇，也是晏殊的代表作。

　　"离愁别恨"这一主题的诗词，通常以忧伤为基调，感伤为线索，悲伤为内核，言语细腻凄婉，读之令人心碎。但晏殊的这首词，"独上高楼"的孤独，"望尽天涯"的落寞，"山长水阔"的襟怀，处处显示出作者深广的气度。其格局之开阔，意境之悠远，苍凉悲壮处升起的雄浑激越之感，实属难得。这固然是晏殊文思巧妙才华使然，另一方面也展现了晏殊平淡冲和的性格。

　　　　红笺小字，说尽平生意。鸿雁在云鱼在水，惆怅此情难寄！

　　　　斜阳独倚西楼，遥山恰对帘钩。人面不知何处，绿波依旧东流。

　　　　　　　　　　　　　　　　　——《清平乐》

　　绵绵情思，平生爱慕，都铺叙在一方小巧的信笺上。鸿雁在云端翱翔，鱼儿在水中畅游，暗指"鸿雁传书""鱼传尺素"均不可实现，所以我满腹的惆怅之情，也不知该如何传递给你。托书不成，下片转而借景抒情。斜晖脉脉，高楼独倚，遥远的群山恰好对着窗前的帘钩，人面桃花不知何处去，唯有门前绿波水，依旧向东流。言虽有尽，但韵味无穷。

　　这首小词也是感伤怀人的主题。晏殊用斜阳、红笺、绿波等景物烘托环境，表达心情。心中虽然万千感慨，但也化为柔和的情思，婉转道来。不控诉，不怨恨，语淡情深，含蓄克制。这是晏殊的性格，也是晏殊词作的风格：冲淡平和，清秀稳健。

晏殊少年得志，生活安稳，仕途一帆风顺。太平宰相的经历，让他养成了含蓄、优雅、清健的词风。读书人最期待的"修身、齐家、治国、平天下"的理想，对晏殊来说，实在容易得很。所以，他不需费力挣扎，不用痛苦纠结，就养成了普通人所不可企及的风雅。

在晏殊的词作里，有哀愁，却没有刻薄的哀号；有惆怅，却没有汪洋恣肆的宣泄；有深情，却不是浓烟香软的俚俗。晏殊的词，永远有着一种内敛又独特的美，有一种适度也守礼的矜持。那是身份的约束，也是经历的造就。人淡如菊，说的正是这种风致。而晏殊也用这样的心态看待自然与世界。

春天是这样的——

燕子来时新社，梨花落后清明。池上碧苔三四点，叶底黄鹂一两声。日长飞絮轻。

巧笑东邻女伴，采桑径里逢迎。疑怪昨宵春梦好，元是今朝斗草赢。笑从双脸生。

——《破阵子·春景》

花红柳绿的春天，万蕊吐芳。梨花白，池苔绿，黄鹂鸣，柳絮轻，邻家姑娘采桑忙。想起昨夜做了个好梦，才知道原来是暗指今天"斗草"赢。虽然只是游戏而已，但还是忍不住开心地笑起来，两颊生花，笑意在唇边荡漾。春天的气息就这样扑面而来，细腻的白描手法，散发着青春的活力，也充满了质朴和纯洁。

秋天是这样的——

芙蓉金菊斗馨香，天气欲重阳。远村秋色如画，红树间疏黄。

流水淡，碧天长，路茫茫。凭高目断，鸿雁来时，无限思量。

——《诉衷情》

这首词上片描写的是满满的秋色。重阳时节，金菊与芙蓉争奇斗妍。远处的乡村，秋天的景色如画般美丽，霜叶染成的红树林里，透出稀疏的黄叶。下片起笔三句继续写景色：溪水清澈明净，秋高气爽，长天万里无云，苍茫天地一望无垠，辽阔至极。最后三句，晏殊表达了自己的感情：登高远眺，在这壮阔的秋天里，看鸿雁飞来，引起对远方亲友的怀念。

晏殊一生仕途平坦，性情散淡，所以对人生的起落，总能平静地面对。写作《诉衷情》时，晏殊被贬到陈州（今河南淮阳）知州已六年，登高怀人自然免不了触景生情。但在晏殊的词里，色彩斑斓的秋天依然这么可爱。高天流云，气爽心静，多少坎坷在他的眼底都变得含蓄温润起来。古人常说的"伤春悲秋"，在晏殊的词里几乎是寻不到的。哪怕是聚散离别，在晏殊的笔下，也能变成暖暖的回忆。

小阁重帘有燕过，晚花红片落庭莎。曲栏干影入凉波。

一霎好风生翠幕，几回疏雨滴圆荷。酒醒人散得愁多。

——《浣溪沙》

小楼重重帘幕外，有飞燕掠过。傍晚的庭院里，暮春多雨，凋零的花朵被雨水纷纷打落。池水生寒，池边的栏杆倒影也已没入池塘的碧波。一阵清风吹得翠幕生寒，几场疏雨滴落在荷叶上。这样清冷的环境总会让人觉出孤独和寂寞，"人生聚散总无常"，多少会生出些悲凉。但晏殊笔锋一转，在词作的最后一句，写自己刚刚酒醒，发现客人都散了，所以心里生了几丝愁绪，将之前酝酿的颇具悲伤气氛的"离散"主题，随手化解成畅饮欢聚后的"富贵闲愁"。很多词人喜欢用夸张华丽的词语写自己优越的生活，描摹空虚孤独，抒发寂寞无聊，可费尽心思，总不能得其要义。等这种生活放到晏殊笔下，简直是信手拈来，生活优越闲散的韵味轻轻巧巧就能展露无遗。

晏殊自己曾说："余每吟咏富贵，不言金玉锦绣，而悦其气象。"吟咏富贵，如果只是堆积华丽的辞藻，在晏殊看来，表面上花团锦簇，但充其量只是精神上的"暴发户"。而真正的贵族，应该是从灵魂深处散发出气象万千的雅量，举手投足都应该是优雅的、得体的。所以，读晏殊的词，总能读出清雅散淡的含蓄，珠圆玉润的光芒。

除了端庄隽永的韵味外，晏殊的词中还时常闪现对世间"永恒与无常"的思索。

　　一向年光有限身，等闲离别易销魂，酒筵歌席莫辞频。

　　满目山河空念远，落花风雨更伤春，不如怜取眼前人。

——《浣溪沙》

　　这首词的主旨讲的是时光易老，世事无常，以及应该用怎样的态度面对人生。开篇起笔就写了生命有限，光阴似箭，离别之前最是伤人。良友相对，理应推杯换盏，对酒当歌，唯及时行乐方能排遣抑郁。登临望远，满目山河辽阔，想起友人更添惆怅。独自在园中徘徊，见到残花在风雨中飘落，也更令人感慨春光易逝。所以，不如把酒言欢，珍惜眼前的欢乐，珍惜正在身边陪伴自己的人。全词意境高远，情感壮阔，眼光独到，提醒人应立足现实，把握当下。

　　晏殊曾在万众瞩目下以进士出身闪亮登场，开启了自己的锦绣前程，可说是非常幸运的。但他能从八九级芝麻小官开始，一路走到朝廷的一品大员，这里固然有机缘巧合，想来与晏殊良好的心态也不无关联。能好好珍惜眼前的一切，才能牢牢把握幸福的人生。

说到心态，晏殊与晏几道父子之间倒是截然不同。晏几道出身名门，但个性狷狂，常常混淆现实与梦境，在生活中常有出离感，无法全身心融入，只能反复追问："几回魂梦与君同？今宵剩把银釭照，犹恐相逢是梦中。"反观晏殊，他出身寒门，但秉持"满目山河空念远，不如怜取眼前人"的现实观感，质朴踏实地生活，最终官至宰相，权高威重。不禁令人感叹，人在旅途，命运的起伏真是难以预料！

古人喜欢说"文章憎命达"，却常常忽略了宽裕生活能带给人精神上的松弛与艺术上的享受。像晏殊这样衣食无忧的贵族，不需要鞍马劳顿为生计奔波，不存在游戏人生的玩票心理，不必有投机取巧阿谀逢迎的摧眉折腰，所以能全身心地投入对人生和自然的感悟中，心念较为纯真。

据说有一次皇帝当面夸奖晏殊，说晏殊不像别的官员那样纵情声色耽于享乐，而是勤奋好学。晏殊听到后，赶紧跟皇帝解释，说我不是不想跟他们一样到处游玩，只是那时候我家里没钱，经济条件不允许我胡闹，所以我只能苦读。一般来说，皇帝的赞许那是莫大的奖励，很有可能助推官运，点石成金。但晏殊非常诚实，一如当年廷前殿试让皇帝更改考题，原原本本吐露实情，实在令人钦佩。仔细想想，这种脚踏实地的作风，跟他在词作中表达的"恒常观念"确是相得益彰。

一曲新词酒一杯，去年天气旧亭台。夕阳西下几时回？

无可奈何花落去，似曾相识燕归来。小园香径独徘徊。

——《浣溪沙》

这是对"伤春惜时"的感慨，也是对宇宙规律的深刻总结。夕阳西下什么时候才能再回来？花开花落总是没有办法的事情，只有那归来的燕子仿佛是去年就在此安巢的旧相识。这些都是自然界的定律，是人们司空见惯的生活，但晏殊却提炼出富有永恒哲理意味的"无可奈何花落去，似曾相识燕归来"。而这首《浣溪沙》也因歌咏"时间永恒，人生有限"而成为传唱千古的名篇。

晏殊的词大抵如此，他感怀时间易老，叹息生命苦短；他懂得放眼未来，把握当下幸福。他也深解思恋的各种滋味。"无情不似多情苦，一寸还成千万缕。天涯地角有穷时，只有相思无尽处。"谈笑有鸿儒，往来无白丁，心头有恋曲，家中有余粮，小儿晏几道，词史放光芒。世间圆满，晏殊几乎全部拥有。所谓"人生赢家"，可能就是这个意思吧！

晏殊是位多产词人，据说一生填词万余首，但大部分已散失，现存世的仅百多首，编入《珠玉词》。

奇绝冠平生

——苏轼

苏轼的人生是一部坎坷的悲剧。

宋仁宗嘉祐二年（1057），苏轼与弟弟苏辙同中进士，一时间，兄弟俩名扬天下。主考官是文坛领袖欧阳修，策论的题目是《刑赏忠厚之至论》。彼时的欧阳修正致力于诗文革新运动，苏轼潇洒的文风令欧阳修眼前一亮。但欧阳修误以为如此好的文章恐怕是自己弟子曾巩所作，为避嫌，他将苏轼评了个第二名。甫一出场，虽光芒万丈，却无端背了个"黑锅"。天意弄人，大概就是这个意思。

仁宗时期，北宋虽然歌舞升平，但军事、经济上的问题开始日益呈现。苏轼在考中进士前后，写了很多策论，关注的都是国家、政治、改革等宏大话题。他提出应该"涤荡振刷而卓然有所立"，颇具"变法"的精神，希望能实现自己的政治理想，为国家效力。

　　那一年，苏轼只有二十一岁。那是柳永、晏几道、蒋捷等文艺青年钟情于灯红酒绿，纵情于秦楼楚馆的年龄；苏轼却已然心怀家国，情系天下。当时既有文坛领袖欧阳修的提携和激赏，又有自身的满腹经纶和冲天志气，如果从那时起就开始做官，苏轼定能成就一番事业，他的人生可能也会迥然不同。遗憾的是，苏轼刚中了进士不久，母亲就逝世了。

　　古人讲究父母之丧要守孝三年，于是苏轼回到了四川眉山老家。三年后回到汴京，没过多久，仁宗就驾崩了，英宗继位。

　　好在宋英宗也非常想重用苏轼，想调他入翰林院做自己的秘书。当时的宰相韩琦觉得苏轼太年轻，没经过什么磨炼，应该从基层干部做起，慢慢树立自己的威信。从长远看，宰相的考虑确乎更周全些，苏轼遂从卑微的小官开始做起。不幸的是，没过几年，苏轼还没等到一展才华的机会，父亲苏洵又死了。

　　苏轼仍然要返乡守丧。又是三年后，苏轼再回汴京。此时，英宗驾崩，神宗已即位，王安石已经开始变法。当年苏轼深思熟虑的"革新"事业，现在已经有人在做了。无论怎么追赶，好运似乎总比苏轼快半拍。

回京途中，苏轼和苏辙看到了"新法"推行过程中的弊端和引起的骚乱，心中很是忧虑。回京之后，先是苏辙因议论新法忤逆了王安石的意思，遭到贬官。第二年，苏轼又上书神宗议论变法，结果得罪了"新党"的人，所以脚跟还没站稳，就被发到杭州做通判。

先是杭州通判，三年后改知密州。在密州的几年里，苏轼的豪放词风初具规模。

老夫聊发少年狂，左牵黄，右擎苍，锦帽貂裘，千骑卷平冈。为报倾城随太守，亲射虎，看孙郎。

酒酣胸胆尚开张，鬓微霜，又何妨？持节云中，何日遣冯唐？会挽雕弓如满月，西北望，射天狼。

——《江城子·密州出猎》

熙宁八年（1075）冬，苏轼在密州任知州，出猎的壮观景象震动了苏轼的内心。他借助历史典故，描画了一番抗击侵略的壮志，抒发了满腔杀敌报国的雄心，当然，也委婉地表达了渴望得到重用的愿望。这首《江城子·密州出猎》属于苏轼早期的豪放之作，其形式和内容已基本形成了豪放词的雏形。

之前的词人，无论是柳永、周邦彦，还是晏殊、欧阳修，宋词在他们手里的作用主要是"玩赏"。其中大部分作品都是写给歌妓的，偶尔流露出对人生的感慨、境遇的感怀，几乎都跳不出"春女思，秋士悲"的窠臼。轮到苏轼写宋词，一切套路都不能拘囿住他自由的心灵。他将自己的理想，怀古的感发，化成对现实的追问，对未来的期待。时光匆匆不等人，自中进士后，仕途波折不断，三年又三年，此时的苏轼已年届不惑。但苏轼斗志依然很高，"鬓微霜，又何妨"，只要皇帝一声令下，"我"还是会拼尽全力将雕弓拉得像满月一样，瞄准西北，射向西夏。

苏轼射出来的壮志与豪情，虽然没能抵达西夏，却如一支利箭般划开了宋词华丽的大幕，拓宽了宋词写作的领域，展现了"词言情"之外的可能——词可以言情，也可以言志。后世豪放词能在文学史大放异彩，成为宋词的重要流派，苏轼功不可没。但彼时的苏轼，对未来的一切浑然不觉，正在知州的位置上勤勤恳恳地做事。

在知密州的第二年，苏轼命人修葺城北旧台，弟弟苏辙为此台题名"超然"。1076 年暮春，苏轼登上超然台，满眼春色，触动了心底浓烈的思乡情，于是写下这首《望江南·超然台作》：

> 春未老，风细柳斜斜。试上超然台上看，半壕春水一城花。烟雨暗千家。
>
> 寒食后，酒醒却咨嗟。休对故人思故国，且将新火试新茶。诗酒趁年华。

暮春时节，微风细细，柳条随风起舞，苏轼站在超然台上，看到护城河内半满的春水随春风闪动，满城的繁花争相开放，异彩纷呈。远处，密密斜织的春雨笼罩着千家万户。这一切，不由得触动了苏轼的思乡情。苏轼一生共三次离开家乡。第一次是与父亲苏洵、弟弟苏辙一起进京赶考。第二次是为母亲守丧三年后回京。第三次是为父亲守孝后离家。最后一次离家后就再也没有回过故乡。对漂泊在外的游子来说，故乡是比未来还遥远的地方。寒食过后，酒醒了也只能空概叹，还是不要在老朋友面前思念故乡了吧。笔走至此，浓浓的乡愁已萦绕其间无法散开。

正凝愁时，忽然看见苏轼潇洒一笑，寒食禁火后，不如取了"新火"，来烹些"新茶"喝，无论是作诗还是喝酒，都应趁年华尚在好好珍惜啊！上片写景，下片写情，全词几经起伏辗转，竟然在结尾处逆转心境，给人一种幡然醒悟的新鲜感。多少壮志难酬的无奈，多少有家难回的凄凉，就这样被苏轼的一壶好茶泡开，氤氲在烟雨迷蒙的春天里，蒸腾出一怀心事，沉淀下几许惆怅。

苏轼有理由惆怅，当年在万众瞩目下以盖世才华赢得的推崇和赞誉，在四处调任风尘仆仆的征途上已渐渐被遗忘，几乎可说是中国历史上最怀才不遇之人。但苏轼为国为民的初心从未因此改变。除了在杭州任属官时位卑言轻，政绩不多，在他任知州的几个地方，苏轼做过不少实事。偶尔，受制于时代和观念的局限，也会参与到当地的习俗里。

那年，苏轼已经从密州调到徐州任知州。徐州大旱，苏轼率众"求雨"。古人觉得"天旱"是龙王爷不肯降雨，所以要"求雨"。如果下雨了，人们应该感激龙王爷，所以要"谢雨"。徐州下雨后，苏轼与百姓同去"谢雨"。途中，美丽的农村风光，淳朴的农村习俗，如一幅幅清丽的画卷，在苏轼的心里徐徐展开。他写了一组《浣溪沙·徐门石潭谢雨道上作五首》。现录两首如下：

　　　　麻叶层层苘叶光，谁家煮茧一村香。隔篱娇语络丝娘。

　　　　垂白杖藜抬醉眼，捋青捣䴽软饥肠。问言豆叶几时黄？

——其三

　　　　簌簌衣巾落枣花，村南村北响缲车。牛衣古柳卖黄瓜。

　　　　酒困路长惟欲睡，日高人渴漫思茶。敲门试问野人家。

——其四

　　这组词写得生动活泼，很有农家乐的气象。比如《浣溪沙》其三，层层麻叶长势喜人，不知道谁家正在煮茧，飘得满村香气。篱笆外女孩子们的嬉笑声听起来清脆婉转娇俏动人。转头又见到老眼昏花的老人正在捋麦穗准备炒着吃，苏轼关切地问，不知道豆叶几时能黄？到时候就有更多吃的东西了吧！寻常的问候里饱含了深切的同情。

在苏轼笔下，乡村是农事繁忙的乐园，雨后的乡村风光更是清新到让人流连忘返。而苏轼也以农家乐事为乐，以农民辛苦为苦，真心与这土地和人民甘苦与共。无论是顺境逆境，他都可以与周围的环境和人坦诚相待，真诚相处。因此，无论遇到怎样的风浪、何种的艰辛，他都能在其中接纳别人、悦纳自己。这是苏轼最大的优点，也是他无尽的财富。

元丰二年（1079），苏轼调往湖州。同年，苏轼人生中最惊心动魄的"乌台诗案"爆发了。

苏轼是一个关心百姓疾苦的好官，从杭州到密州再到徐州，他在各地都有建树，也很得民心。1079年这一年的春天，苏轼从徐州被调到湖州，按例要给皇帝写"谢表"。那个时候不管是升官还是贬官，都必须写"谢表"，要感谢皇恩浩荡。苏轼就在谢表里写，陛下"知其愚不适时，难以追陪新进；察其老不生事，或能牧养小民"。

这段话的意思就是：皇帝知道我非常愚钝不会投机取巧，也不懂追捧新党与时俱进。但是呢，朝廷也知道我年岁大了，不会胡乱生事，或许做个地方小官，可以牧养一方子民。非要深究的话，字里行间确有几分酸酸的牢骚。

但更严重的是，新党人员为排挤苏轼，摘录了苏轼《咏桧》诗中的两句："根到九泉无曲处，世间唯有蛰龙知。"据说桧木有一个特点，如果地上的树枝是直的，那么地下的根也是直的；如果树枝盘根错节，那么树根也就盘根错节。苏轼这两句诗的意思就是，我从外面看到桧木如此笔直，就知道根肯定是直的，但谁能相信呢？除非地下有龙，才能知道桧木的根是笔直的。

苏轼二十几岁就开始关注国计民生，在其他词人舞风弄月的时候，他已经开始写策论做准备，摩拳擦掌打算在政坛一展宏愿。但苏轼的官运实在不好，两次守丧错过了最佳出道时机，加上后来受人排挤，所以始终只能游离于政治核心的外围。以苏轼的才华，逢这样的境遇，心里多少有些不平气。反对苏轼的人就说：皇上贵为"真龙天子"，为什么苏轼偏偏说只有地下蛰龙才知道他的心事？这是有叛逆之心！就这样，苏轼被诬陷下狱，关进了御史台的监狱。

　　御史台监狱是专门关押国家大臣的地方，御史台的院子里种了许多笔直的柏树，经常会招来很多乌鸦筑巢，御史台也因此被称为"柏台""乌台"。叛逆的罪基本都是死罪，狱卒为了讨好台上的人故意欺压苏轼，监狱的生活苦不堪言。苏轼知道自己朝不保夕，他跟苏辙感情非常好，于是写信给弟弟："与君世世为兄弟，更结来生未了因。"一方面，苏轼觉得自己很快就要跟这个世界永别了；而另一方面，苏辙一再上书请神宗开恩，说自己愿意放弃官职，只求能放哥哥出狱。一代文豪，此时命悬一线！

　　宋代高度发达的文明一直被后世屡屡称颂，这里不仅指诗文书画等方面的艺术造诣，也包含对待知识分子的态度。宋太祖说"不杀士大夫"，所以宋代皇帝一直非常优待读书人，这也是宋朝文化蓬勃繁荣的重要因素。而且，宋神宗也是个明白事理的皇帝，他说："咏桧木就是咏桧木，关朕什么事呢？"又说："自古以来称龙的人多着去呢，孔明还自称卧龙呢，难道他也是皇帝吗？"皇帝这样说，旁人便不敢多言。宋神宗免了苏轼的死罪，把他贬到黄州任职，苏轼算捡了条命回来。

苦难虽然不是人生必经的长廊，但人类杰出文化的缔造者们，又似乎都曾有过与苦难亲密接触的时光。苏轼也不例外。他九死一生，从牢里出来后，虽然跌到了生活的低谷，却意外迎来了创作的高峰。在黄州生活的五年，苏轼写了大量的作品，后来传唱千古的词作，几乎都诞生于这段时间。

初到黄州时，苏轼生活非常贫困。他的朋友帮他要来了一片荒地，苏轼就在那里开荒种田。他在诗里写道："自笑平生为口忙，老来事业转荒唐。长江绕郭知鱼美，好竹连山觉笋香。"可能与死神擦肩而过的人，生命的智慧也会得到升华。苏轼虽然自嘲忙了一辈子，老了还要为口粮担忧，但他没有自怨自艾，自暴自弃。他用宽广的胸怀接纳生活，用温厚的态度欣赏生活。长江美味的鲜鱼，山间鲜嫩的竹笋，大自然馈赠的美好，从不曾离他远去。苏轼就是有这种能力：把生活的苦涩咽进去，吐出芬芳的诗句。

夜饮东坡醒复醉，归来仿佛三更。家童鼻息已

雷鸣。敲门都不应，倚杖听江声。

　　长恨此身非我有，何时忘却营营。夜阑风静縠
纹平。小舟从此逝，江海寄余生。

——《临江仙》

　　那天夜饮喝到三更天才回来，家里的门童已经鼾声
如雷，敲了半天门都没有回应，索性拄着拐杖，静听滔
滔江水奔流的声音。在天地寂静的时刻，广阔的山水之
间，苏轼想到了自身的遭遇。人在官场总是身不由己，
一辈子为了功名利禄苦心钻研，什么时候才能放弃这些
世俗欲望呢？长风静夜，真希望自己能驾一叶扁舟，从
此泛舟而去，潇洒度过余生。

　　这首词写于苏轼到黄州的第三年。曾经痛苦的经历
已渐渐内化成超然的态度、旷达的胸怀。苏轼开导自己
也劝慰自己，解脱自己也拯救自己。不出几年的时间，
苏轼真的就在黄州那片废地里开垦了一片土地，他给那
片土地取名"东坡"，自号"东坡居士"。命运的磨难被
他埋在心底，培育出精神的硕果。风雨也好，朗照也罢，
他都用同样的心态来面对。

　　　　莫听穿林打叶声，何妨吟啸且徐行。竹杖芒鞋
轻胜马，谁怕？一蓑烟雨任平生。

　　　　料峭春风吹酒醒，微冷，山头斜照却相迎。回
首向来萧瑟处，归去，也无风雨也无晴。

　　　　　　　　　　　　　　　　　　　——《定风波》

　　后世很多用以囊括苏轼人生态度的词句都来源于这
首《定风波》，比如"一蓑烟雨任平生"，再如"也无风
雨也无晴"。苏轼的豪放与率直、潇洒与超脱、个性与智
慧，都在词中尽情绽放。

　　在这首词的前面，苏轼写了个小序，说三月七日那
天，半路遇到下雨。本来以为不下雨，所以先让别人拿
走了雨具，同行的人情状狼狈，个个怨声载道，对雨中
行走叫苦不迭。唯有苏轼并不觉得辛苦，他在雨中感悟
到了人生的真谛，潇洒前行，于是写下这首词。

　　下雨了，但是不必在意那些穿林打叶的雨声，不如
边吟唱诗歌边慢慢走。"何妨"二字说得非常轻快和潇
洒，从心态上和行动上都体现了一种从容。我有竹杖芒

鞋，走在泥路上，比骑马还要快呢！不用害怕，一件蓑衣，已经足够遮风挡雨，而我就在这风雨中走好自己的路。这是苏轼面对自然界风雨时的想法，也是他面对人生风雨的心态。他遇到过无数的凄风苦雨，在起起落落的旅途中，他凭借这样的信念沐雨栉风，一路走来。料峭春寒中，春风吹来的凉意让苏轼有种"酒醒"的感觉。抬头一看，西边的天上正挂着暖暖的夕阳。再回首看自己来时的路，觉得无论是风雨还是晴天，都已经无所谓了。此时，看风雨亦是看人生。

苏轼前半生锐意进取，以儒家治国平天下的信念为指导安排人生，无奈命途多舛，屡屡失意，甚至险些命丧黄泉。等被贬到黄州后，佛家思想的达观知命渐渐占了上风，生已过半，凡事也看开许多，词风上日趋豪迈、潇洒。而所谓"豪放词"不仅是这种关于人生气度的大事情，就是写美女的词，苏轼用字炼句也是相当清健。

元丰六年（1083），曾受苏轼"乌台诗案"牵连的好友王定国从被贬的岭南北归。好友相聚，自然要畅饮几杯。席间，王定国让家里的歌女柔奴出来给苏轼敬酒。苏轼与柔奴聊天，对她平淡超然的态度很是震惊，于是写词赞美柔奴。都说"豪苏腻柳"，从这首词最能见出苏轼与柳永的不同。柳永写女子，绮丽多姿，举手投足充满了胭脂水粉的媚气。而苏轼写女子，清雅淡秀，一颦一笑都显得舒朗从容，充满了勃勃英气。且看这首：

常羡人间琢玉郎，天应乞与点酥娘。自作清歌传皓齿，风起，雪飞炎海变清凉。

万里归来年愈少，微笑，笑时犹带岭梅香。试问岭南应不好？却道，此心安处是吾乡。

——《定风波》

苏轼说，这个王定国长得丰神俊采本就令人羡慕，上天也非常怜惜他，所以还送了如此美丽聪慧的柔奴给他。这个柔奴歌声曼妙，笑容甜美。她唱起歌来，歌声就像漫天飞雪一样，能把炎热的世界立刻变得清凉。我看她近年来越发显得年轻了，连微笑都像带着岭南梅花的香气。于是问她："岭南的生活还习惯吗？"柔奴淡淡答道："只要是心能安定下来的地方，就是我的故乡。"苏轼听后大受震动，写下这首《定风波》赞赏柔奴的智慧。

　　苏轼一生奔波往来，频繁调任，故乡已经被模糊了样子。当年他被贬到黄州，开荒山为良田，自号东坡，与黄州的父老乡亲生活在一起，融合在一起。本来是四川人，但孩子们开口说话也都是"楚语吴歌"。是得到还是失去，是他乡还是故乡，人生事来往如梭，何处才是归宿呢？

　　元丰七年（1084），苏轼由黄州调往汝州，他用一首《满庭芳》记下自己在黄州生活的这五年。

　　　归去来兮，吾归何处？万里家在岷峨。百年强半，来日苦无多。坐见黄州再闰，儿童尽、楚语吴歌。山中友，鸡豚社酒，相劝老东坡。
　　　云何？当此去，人生底事，来往如梭。待闲看，秋风洛水清波。好在堂前细柳，应念我、莫剪柔柯。仍传语，江南父老，时与晒渔蓑。

　　汝州的秋风洛水，多年后也会成为内心的风景。或许，这才是东坡居士寻到的"答案"。

苏轼离开黄州后，顺路去金陵拜访了王安石。王安石这个时候已罢相多年，在金陵隐居。其实苏轼与王安石之间没有丝毫个人恩怨，两个人的分歧只在于政治观点的不同。"乌台诗案"爆发时，王安石正遭遇第一次罢相，与此事并无关系。两位都是明白人，也是百年难遇的文史奇才，纵论天下事，一笑泯恩仇。

元丰八年（1085），神宗去世，哲宗继位，改年号元祐。哲宗年幼，祖母宣仁太后听政，起用旧党人士，司马光任宰相。因为苏轼当年反对过王安石，又得几位先帝抬爱，所以宣仁太后很快召苏轼入翰林院做事。

司马光上台，从方方面面否定变法，大踏步地退回到改革之前，苏轼又站出来反对。苏轼觉得"新法"里面有很多合理的因素，应该被继承而不是推翻。于是又被看成替"新党"说话的人。当年王安石变法，苏轼反对，因为"新法"里面有许多不合情理的地方，那时被人看成是"旧党"的人。说苏轼"一肚皮不合时宜"，听起来好像是玩笑，但落到现实生活，发现他还真是这样的人。再大的考验，再多的风浪，他也不会追赶时髦的观点，不盲从得势的党派。用现在流行的话来说，他只听从内心的召唤，追求永恒的真理。

但司马光风头正盛，苏轼与他政见不合，只能又被外放到杭州做知州。接着又去了颍州、扬州、定州。好在，心安处即是故乡，这种反复无常的生活节奏，苏轼已经从心理上接受了。

元祐八年（1093），宣仁太后病逝，哲宗亲政。他支持变法，召回当年曾参与"熙宁变法"后因变法失败被贬官的章惇任宰相。一切似乎又回到了原点。元祐时期被太后召回来的旧党人士再次被贬官。苏轼虽然与司马光政见不合，但毕竟是元祐时召回的人，所以也被牵连，贬往惠州。苏轼先带着小儿子到惠州，家人随后才到。结果刚到惠州，又接到调令去琼州，只好先带着小儿子到琼州，再由大儿子护送家眷到琼州，后被安置在儋州。

苏东坡一生才华盖世，诗词文史俱佳，却始终被贬官，从未被重用。此时已近花甲，依然没办法停下脚步，甚至被外放到遥远的"天涯海角"。其人生可说是一场悲剧。但苏东坡胸襟开阔，宽怀仁爱，乐天知命，潇洒达观，不仅为文学史开创了豪放词的先河，而且将自己的人生过得丰富又多彩。某种意义上，他的人生比很多人都更完满自足。或许，这也是命运的一种馈赠。

等哲宗病逝，徽宗即位，要把苏轼从海南岛召回时，他已经六十四岁了。

> 参横斗转欲三更，苦雨终风也解晴。
>
> 云散月明谁点缀？天容海色本澄清。
>
> 空余鲁叟乘桴意，粗识轩辕奏乐声。
>
> 九死南荒吾不恨，兹游奇绝冠平生。
>
> ——《六月二十日夜渡海》

1100 年，苏轼从海南岛北归，夜行的船上，苏轼写下这首诗。一生的苦雨凄风终于过去了，就像自然界的天气一样，阴云散尽，月亮显露出来。云也好，雨也罢，都无法遮挡明月耀眼的光芒，澄澈的月光照亮了碧海青天。这一生，九死不悔，因为如果不是被贬到海南岛，又怎么能见到南海如此风景独特的山水，又如何能体会到这非同寻常的生活。这是苏轼的体会，也是苏轼的修养。他将自己的悲喜展开在天地之间，万事万物，春风化雨，所有的苦难最后都变成了对他的成全。这是他写在人生边缘的诗，也是他留给后世的精神财富。

宋徽宗建中靖国元年（1101），苏轼走到真州病重，最后死在了常州。

落落胸怀
成古丘
——王安石

　　宋神宗时期，经济发达程度比以往任何时候都要高，税收也好于前朝。但政府依然入不敷出，财政赤字不断增加。这个怪圈其实自英宗起就开始显现：一方面，宋朝为了维持表面上和平与稳定的局面，不得已向辽国进贡岁银，这种花钱买和平的方法可以理解为"破财免灾"。另一方面，虽然不打仗但依然要养兵，因为怕打仗所以要养更多的兵，以防不测。这就形成了一个奇怪的现象，没有战争的宋朝却要为大笔的战争经费买单。在表面繁荣的背后，积贫积弱的经济态势已日趋显露。

　　正是在这样的时刻，宋代历史迎来了一位有勇气也有志气的皇帝，他希望可以通过变法重振朝纲，达到国富民强的目的。这位皇帝就是宋神宗。就像晚清的光绪帝需要康有为的支持一样，宋神宗在人群中搜寻，希望可以找到愿意站出来和他同心同德眺望未来的人。而这个人，就是北宋著名文学家和政治家——王安石。

　　王安石，字介甫，晚年号半山，天资聪颖，博览群书。庆历二年（1042），年仅二十二岁的王安石高中进士，步入仕途。少年得志的他并未得意忘形，入仕后，没有马上巴结权贵，而是暗暗思考国家的前途和命运。嘉祐三年（1058），王安石向仁宗上"万言书"，提出政治改革，认为应加强边防，革除科举弊端，消除颓废奢靡的风气，以求"合于当世之变"。但王安石的"万言书"如石沉大海，杳无音信，据此，他判定变法时机并未成熟。此后，他不断谢绝朝廷一次次的任命，甘居地方小官，宁可小范围推行变法，造福一方百姓。

　　英宗在位期间，屡次招王安石入京任职，都被王安石以种种理由婉拒。在他看来，官位多大并不重要，重要的是能成就自己的理想，如果进得朝堂却身不由己，还不如埋没乡野为百姓做些实事。当然，这个阶段的韬光养晦拒不为官，一方面是因为王安石正在苦等明君，静待时机；另一方面，他这样"千呼万唤不出来"的姿势实在为自己的名声做了一次成功的营销。

1067 年，王安石终于等来了命运的拐点——神宗的传召。宋神宗为摆脱内在的政治经济危机、外部辽与西夏的侵扰，决定起用王安石。1069 年，王安石主持变法，位同宰相。在宋朝艰难呼吸的关口，神宗和王安石也在彼此的扶持中互相汲取前行的力量。

> 伊吕两衰翁，历遍穷通。一为钓叟一耕佣。若使当时身不遇，老了英雄。
>
> 汤武偶相逢，风虎云龙。兴王只在谈笑中。直至如今千载后，谁与争功！
>
> ——《浪淘沙令》

王安石早年立志，一直在等待机会。如今遇到神宗，觉得犹如伊尹、吕尚遇到成汤、周武一般舒畅，也觉得自己终于可以成就一番事业。这首《浪淘沙令》正是王安石任宰相时所作。

上片写伊尹与吕尚这两位老人，顺境和困境都曾经历过。吕尚曾是一个钓鱼的老叟，伊尹也曾做过替人躬耕的奴仆。如果不是遇到了明君贤主，可能他们最终都只能老死于山野。下片写他们与成汤与周武相遇，如云从龙、风从虎般，谈笑间便建立了兴王之业。这里，"云风比喻贤臣，龙虎比喻贤君"。从那时到现在，已经过了上千年，但他们的丰功伟绩，至今谁能与之争锋？

此时的王安石，正是大展宏图之际，胸中涌动的是志得意满的豪迈，所以这首词气势恢宏，给人以很大的精神力量，似乎也暗示了王安石当年变法的决心。

熙宁三年（1070），王安石升任宰相，开始大力推行变法。

变法内容涉及甚广，"青苗法""募役法""方田均税""农田水利法""保甲法"等各项法规，从农业、商业、兵役、教育、财政税收等社会生活各方面入手，提出了一系列政策，用以革除社会的弊端。某种程度上说，变法无疑是有利于"国富民强"的，但由于改革必然触及大地主和大官僚的利益，所以遭到了保守派的疯狂反扑，甚至连皇亲国戚、两宫太后都站到了变法的对立面。终于，宋神宗抵不住各方面的压力了……

熙宁七年（1074），王安石遭罢相。

熙宁八年（1075），王安石复相。但复相之后，王安石发现已得不到更多的支持。《宋史·奸臣传》记载吕惠卿这个小人曾抖出了很多王安石写给他的私人信件，说王安石有"欺君之嫌"，从而导致了革新力量内部的分化。王安石知道变法已万难推进。

熙宁九年（1076），王安石辞去宰相职务，从此闲居江宁府。

从政治的聚光灯下走出来后，王安石回到了金陵的平常生活中。无限的慷慨悲凉，曾经的漫嗟荣辱，他等了一辈子的梦想，都化为纷飞的词句，飘入他的作品里。

别馆寒砧，孤城画角，一派秋声入寥廓。东归燕从海上去，南来雁向沙头落。楚台风，庾楼月，宛如昨。

无奈被些名利缚，无奈被他情担阁！可惜风流总闲却！当初漫留华表语，而今误我秦楼约。梦阑时，酒醒后，思量着。

——《千秋岁引·秋景》

传入旅舍的捣衣声，孤城城头的画角声，回荡在辽阔的天地间。东归的燕子从海上飞过，南来的大雁落在沙滩上休息。这里曾有楚王、宋玉游兰台时的惬意凉风，庾亮、殷浩等人在南楼时共赏的月色，如今，清风明月，似乎都与当年一模一样。下片起笔，王安石感慨，在这样浩渺的天地间，永恒的风月里，自己却被那些微不足道的名利所牵绊，又难以放下帝王的信任，结果白白浪费时间，耽误了自己邀约佳人的机会。睡梦醒来，酒醉醒来，如今才细细思量起这一切。"梦阑酒醒"不仅是平常的梦与酒，也是王安石了解了"人生如梦，众生皆醉"，并历尽沧桑后的感悟。

当年王安石变法时，曾自信地说"当世人不知我，后世人当谢我"，那种满满的自信，真可谓气壮山河！然而时过境迁，变法失败后，他心底最多的便是壮志难酬。

登临送目，正故国晚秋，天气初肃。千里澄江似练，翠峰如簇。归帆去棹残阳里，背西风，酒旗斜矗。彩舟云淡，星河鹭起，画图难足。

念往昔，繁华竞逐，叹门外楼头，悲恨相续。千古凭高，对此谩嗟荣辱。六朝旧事随流水，但寒烟、衰草凝绿。至今商女，时时犹唱，《后庭》遗曲。

《桂枝香》

　　传统文人喜欢借景抒情。登高怀古，放眼远眺，满目山河，很容易生发出感慨。此番登高吊古，王安石开门见山便以"正故国晚秋，天气初肃"起笔，一个"正"字，既无拖沓之感，且有正合心意之情，可谓意境全出。"澄江似练，翠峰如簇"，看似随手拈来，却笔力遒劲，精神抖擞，将锦绣江山的气派描绘得壮丽如画。从中，似乎也能看出王安石宏大的视野，远大的胸襟。下片起笔，忽念往日繁华，六朝古都的风流如此迅速便随历史风云舒卷而去。千古江山，万般情愫，只剩寒烟惨淡，绿草衰黄，徒留相继的荣辱。词的最后，王安石化用了杜牧的诗句"商女不知亡国恨，隔江犹唱《后庭花》"。嗟叹之感，真弥新而永固。

　　在这首词中，既有沧海桑田变迁之感怀，也有国家兴亡之挂念与忧虑。王安石将宦海沉浮和国运起落巧妙地融化在自然景色中，涌上心头，诉诸笔下，遂成名篇。所以周汝昌先生称赞说："王介甫只此一词，已足千古。"

虽如此说，但王介甫此类佳作似乎不止一词！

> 自古帝王州，郁郁葱葱佳气浮。四百年来成一梦，堪愁，晋代衣冠成古丘。
>
> 绕水恣行游，上尽层楼更上楼。往事悠悠君莫问，回头，槛外长江空自流。

——《南乡子》

晚年的王安石以金陵为主题写了很多咏史抒怀的作品，多把六朝兴衰历史看作人生"一梦"。

王安石起笔便说，这里自古以来便是帝王建都之地，树木郁郁葱葱，山环水绕，云蒸霞蔚，颇有帝王之佳气。可惜，四百年来，多少繁华如梦般逝去，着实令人感慨。当年的帝王将相，风流事迹，也早已化为一抔黄土，被历史所遗弃。绕着江岸尽情地游览，登上一层楼后再上一层楼。往事悠悠，匆匆而过，不值一提，希望别人也不要再问。人生苦短，不如早点回头。而过去的岁月，就像这奔流的江水一样，空自东流。

这首《南乡子》气势雄健，语调深沉，读来颇有悲

凉之感。退隐的孤独，辞官的无奈，忧心国事的落寞，
都在该词中若隐若现，默默流淌。即便在看起来清闲雅
致的田园生活中，王安石也或多或少流露出些许的凄清
和落寞。

> 百亩中庭半是苔，门前白道水萦回。爱闲能有
> 几人来？
> 小院回廊春寂寂，山桃溪杏两三栽。为谁零落
> 为谁开？
>
> ——《浣溪沙》

虽然王安石以小院闲人"山桃溪杏"自喻，但"顺
时不骄，败时不馁"的气度却让他从未放弃对文坛和政
坛的关怀。

当年王安石身为宰相，为自己的政治理想和抱负，
也曾打击异己，欧阳修、司马光、苏轼等或退或贬，都
与他有着千丝万缕的联系。但王安石从不网罗莫须有的
罪名害人，更不会置对手于死地。"乌台诗案"后，已经
辞官的他，在痛失爱子、家破人亡，并在皇帝面前毫无

话语权时，还挺身而出，上书为苏轼辩护："岂有圣世而杀才子乎？"而此时，没有人敢替苏轼说话，亲友们全都噤若寒蝉，连苏轼自己也被屈打成招。半山先生落落风骨，称其侠肝义胆亦不足为过，或许，这就是王安石的过人之处吧。

元丰八年（1085），神宗病逝，哲宗继位。

元祐元年（1086），保守派得势，新法全面被废除。不久，王安石病逝于江宁府半山园。

对于那场轰轰烈烈的变法，当世人没有谢他，后世人的看法也分歧很大，有人说他的变法利国利民，也有人说他的变法等于"改革帮了腐败的忙"……看来，历史并不能由人随意操控，即便落落胸怀成古丘，也未必堵得住后人的悠悠之口。

是皇帝老师 也是道德模范

——朱熹

　　举凡天资聪颖行为超群且名留青史者，多半都曾在少年时就展露出异常的天赋。曹冲称象，孔融让梨，都是"自古英雄出少年"的典型。南宋大儒朱熹，其非凡的一生更是从小便见端倪。

　　朱熹小时候很聪明。刚刚会说话的时候，父亲朱松指着天告诉他："这是天。"如果是普通牙牙学语的小朋友，他们很可能奶声奶气地随声附和"天"，朱熹却不是，他想了一下，问朱松说："天上有何物？"朱松非常诧异，没想到话还说不清的儿子，竟然有这样高明的思辨力。他真是又惊又喜，暗下决心一定好好培养儿子。等到朱熹开始入学跟老师学习的时候，老师教他学《孝经》，他看了一遍就在书上写道："不若是，非人也！"朱熹跟一群小伙伴在沙地上玩，普通小孩儿估计也就是抓把沙子盖个城堡之类，唯有朱熹端端正正坐在沙地上用手指画画，旁人凑近了一看，不得了，竟然是一幅八卦图。就这样，朱熹带着天赋异禀，通身灵气，慢慢成长。

朱熹的仕途并不顺畅，一生为官四十几年，立朝时间仅有四十天。四朝老臣，三次出山。一出而遭遇唐仲友，再出遭遇林黄中，三出又遇吴禹圭，不禁令人慨叹。第一次，朱熹因为调查唐仲友，弹劾他贪赃枉法、奸淫掳掠、为害一方。但跟唐仲友关系甚密的宰相王淮，跟宋孝宗汇报，说朱熹跟唐仲友不过是学术分歧，秀才争闲气，将矛盾焦点瞬间转移。朱熹一口气连上了六次奏折弹劾，均不奏效，并被指目的不纯，改命他职。朱熹得知内情后，上书请求辞职，批文还没下来，他就拂袖而去，倒是颇有大侠风骨。与林黄中也是因为见解不和。好不容易等到第三次出山，又碰到吴禹圭实名举报，皇帝觉得朱熹推行的政策可能有问题，于是又被搁置。几十年下来，朱熹不是受排挤就是遭诬陷，每每志不能伸，几番请辞，几度起用。仕途之多舛，实在令人慨叹造化弄人。

朱熹虽仕途不顺，但文史方面贡献极大。他写了很多优秀的诗词表达感情，抒发志向。

　　　　江水浸云影，鸿雁欲南飞。携壶结客何处？空
　　翠渺烟霏。尘世难逢一笑，况有紫萸黄菊，堪插满
　　头归。风景今朝是，身世昔人非。
　　　　酬佳节，须酩酊，莫相违。人生如寄，何事辛
　　苦怨斜晖。无尽今来古往，多少春花秋月，那更有
　　危机。与问牛山客，何必独沾衣？
　　　　　　　　　　　——《水调歌头·隐括杜牧之齐山诗》

　　所谓"隐括"，就是在原内容不变的情况下，将词句
改写成另一种体裁。朱熹的这首《水调歌头》就是隐括
杜牧的诗《九日齐山登高》。杜牧的原诗语似旷达，实则
伤感；而同样的内容经朱熹修改后，脱胎换骨，呈现出
一种清爽豪迈之感。

　　上片写景：一江春水，融化了天光云影；万里长空，
包容了鸿雁南飞。提着酒壶，呼朋引伴，登高远眺，满
眼翠绿的山色，缥缈的烟霏。相逢一笑，忘却尘世烦忧。
紫色的茱萸，黄色的菊花，缤纷插在头上。登高怀古，

多少往事如烟，唯风景一如从前。词的下片，朱熹干脆直接勉励好友：既然是佳节，喝到酩酊大醉，才算不辜负好时光。生命有限，何苦寻愁觅恨怨东风，夕阳迟暮，只需尽情享受。古往今来，春花秋月，绵延的时空和生命的乐趣相融汇。"与问牛山客，何必独沾衣？"结尾以乐观的精神否定人生的无常。

在朱熹这首词中，天地人本就是一体的，上下四方曰宇，古往今来曰宙，生生不息的宇宙和绵延接续的人生一样，充满勃勃生机。这是朱熹的哲学世界，也是朱熹的人生境界。登高望远，他丝毫没有杜牧的惆怅，而是以开阔的胸怀尽情享受眼前美景，赞誉自然风光。《读书续录》认为其"气骨豪迈，则俯视苏辛；音节谐和，则仆命秦柳"。能够在写词的气度上超过苏轼和辛弃疾，又能在音节韵律上赶超秦观和柳永，这样的赞誉非普通人所能及。

虽然文学造诣很耀眼，但朱熹毕生真正在乎并致力于研究的还是"理学"。他煞费苦心，一方面学习儒家经典，一方面又从经典中选取"四书"（《大学》《中庸》《论语》《孟子》），作为"齐家、治国、平天下"的范本，被称为孔子之后的大儒。朱熹的父亲曾为小朱熹占卜，卦辞说"生个小孩儿，便是孔夫子"。朱熹对儒学的集成与发展，成为中国文化传承里的重要一环。他的"理学"思想在明清两朝被改进和使用，发展为统治全社会的"道学"。但在宋代，朱熹的思想却没有得到充分的认可。

朱熹其实曾经有机会实现自己的文化理想和政治抱负，因为他曾给宋宁宗上课，离最高统治者只有一步之遥。按理说，如果朱熹能够潜移默化影响皇帝，可能对推行自己的思想更有益处，但是朱熹这个人比较耿直，每次上书都必戳皇帝的痛处。不是提出问题就是针砭时弊，还经常抬出自己"正心诚意"的四字法宝，偶尔论证自己"存天理，灭人欲"的合理性，搞得皇帝很不高兴。所谓"师道尊严"，其实也要分轻重，皇帝即便是学生但终究是皇帝，所以，朱熹很快就失去了"帝师"的身份。人们不认同他所谓的"德行"，所以他提倡的道德高线也渐渐变成"伪道学"的代名词。这是道学的悲哀，更是朱熹的不幸。

幸运的是，朱熹对道德要求很高，对生活却要求不高。由于官运不好，他一共才立朝四十几天，所以经济拮据，"箪瓢屡空，晏如也"。粗茶淡饭，依旧能吃得爽心。这种乐观达命的心态，在朱熹的词作里也有生动的体现。

> 富贵有余乐，贫贱不堪忧。谁知天路幽险，倚伏互相酬。请看东门黄犬，更听华亭清唳，千古恨难收。何似鸱夷子，散发弄扁舟。
>
> 鸱夷子，成霸业，有余谋。致身千乘卿相，归把钓渔钩。春昼五湖烟浪，秋夜一天云月，此外尽悠悠。永弃人间事，吾道付沧洲。
>
> ——《水调歌头》

朱熹的这首词，先是交代了自己的生活理想：富贵有余乐，贫贱不堪忧。说发达了富贵了可能会更开心，但即便贫贱此生也没有什么好忧虑的。后又交代了自己的政治理想：成霸业，有余谋。"鸱夷子"指的是范蠡，他协助越王勾践成就霸业，但发现勾践义薄后，乘舟游湖，从此决然于世。后人都被范蠡的智慧与潇洒折服，功成—名就—隐退，这样的节奏令无数男人心驰神往。朱熹也是其一。可惜，人生苦短，少年易老，美梦难成。

许多少年时的梦想，到了老年再回望，发现依然是梦想。

当年，朱熹的父亲在朝为官，八岁的小朱熹有幸陪父亲来到临安。临安的秀丽，文人的豪放，政客的风采，都给小朱熹留下了深刻的印象。尤其是在对金国的态度上，他目睹了"主战派"与"主和派"的激烈交锋。

1138 年，秦桧主持"宋金议和"，枢密院胡铨上书反对议和，并恳请杀秦桧以壮国威。结果胡铨竟遭罢免。朱熹的父亲朱松心有不甘，联络主战人士联名上书反对议和，但终究还是未能阻止求和协议的签署。虽然朱松等人的抗争没有成功，但"主战派"的凛凛风骨却从此影响了朱熹的一生。朱熹一生数次为官，只要有机会，必定进谏"主战"，绝不苟安议和。可惜，直到 1200 年朱熹去世前，回忆起少年往事，仍然只能是一声叹息。距建隆庚申（960），已去二百四十年！距离朱松等人上书反对议和，亦过了六十年。一轮甲子晃过，山河破碎，收复江山，无望矣！可见，战和之事，始终是朱熹未了的心事。

多年后，历史云烟散尽，当年的战和已变成史书上单薄脆弱的记载、不容置疑的讨论。而作为夫子的朱熹，早已被历史的评说模糊了最初的模样。

　　好在，《四书集注》依旧，白鹿书院犹存，那些富有哲思的小诗也仍在一代代小童的耳边回荡⋯⋯

　　　　少年易老学难成，一寸光阴不可轻。

　　　　未觉池塘春草梦，阶前梧叶已秋声。

　　　　　　　　　　　　　　　　——《偶成》

第六章 ————

洒英雄泪

北宋开国之初，西夏首领曾接受过宋太祖赐予的官衔。仁宗时，李元昊建国称帝，开始不断抢夺宋朝人口和财物。宋军由于缺乏战斗力，屡战屡败，完全没有抵抗的能力，朝廷不得不向西夏纳税以换苟安。神宗时，王安石变法图强，新党执政，大大提高了军队的战斗力，屈辱局面曾一度改善。可惜，变法失败后，旧党上台，司马光等人再次投降，卑躬屈膝的氛围卷土重来。

这时，冒出来一个地方小官。他人微言轻，又远离京城，却在大宋朝歌舞升平、醉生梦死的节奏中一声断喝，发出振聋发聩的吼声，刺破了北宋温软的喉咙。这个人就是北宋词人贺铸。

贺铸，字方回，是宋太祖贺皇后的祖孙，妻子是宗室之女，属于标准的"皇亲国戚"。贺铸与其他词人不同，他生于军人世家，初入仕途也是从武职做起，位低事烦。贺铸本想着能够为江山社稷谋，无奈宋朝重文轻武，又整天惦记着"求和"，所以贺铸这样的人用处不大。可说是：空有为国之心，难寻报国之门。

贺铸宏愿难平，心中悲愤，于是提笔写下这首《六州歌头》：

> 少年侠气，交结五都雄。肝胆洞，毛发耸。立谈中，死生同。一诺千金重。推翘勇，矜豪纵。轻盖拥，联飞鞚，斗城东。轰饮酒垆，春色浮寒瓮，吸海垂虹。闲呼鹰嗾犬，白羽摘雕弓，狡穴俄空。乐匆匆。
>
> 似黄粱梦，辞丹凤。明月共，漾孤篷。官冗从，怀倥偬，落尘笼。簿书丛，鹖弁如云众，共粗用，忽奇功。笳鼓动，渔阳弄，思悲翁。不请长缨，系取天骄种，剑吼西风。恨登山临水，手寄七弦桐，目送归鸿。

这首词历来被看作是《东山词》的压卷之作。

上片以"少年侠气，交结五都雄"起笔，"侠"与"雄"奠定了全词的基调，也抒发了作者大气磅礴的豪情。在贺铸的眼里，小伙伴们都是肝胆相照、生死与共的人，具有豪放不羁、英雄盖世的品质。带着鹰犬狩猎，能踏平狡兔之巢；围聚豪饮，可吸干海水，气魄如虹。"雄姿壮彩，不可一世。"言辞中，吞吐山河，结交豪雄，都是分分钟搞定的事，令人生出无限神往。然而，上片以"乐匆匆"三字收尾，似有转折之意。

至下片，首句急转直下，朝气蓬勃的生活原来只如一枕黄粱美梦。青春一掷如梭，沉沦困厄的官宦生活逐渐取代了少年侠客的快乐。"明月共，漾孤篷。官冗从，怀倥偬，落尘笼。"这是词人对自己十几年来生活的回顾，也是对志不能伸郁结在心的一种悲鸣。

原本是行侠仗义的少侠，立志报国，豪情满怀。不料误入牢笼般的官场，在地方打杂，在案牍中劳形，不能驰骋沙场，建功立业。一腔抑郁，化为满肚子的牢骚。长歌当哭，英雄泪，洒满襟。"剑吼西风"四个字更是把悲愤与激越推向了狂怒的高峰。词作结尾三句峰回路转，"恨"字一出，怒吼变成了悲凉。凌云之志无处施展，只能抚琴诵词，看山水孤鸿。

贺铸的词，笔力雄浑苍健，近苏轼，传稼轩，在词史上有着不可忽视的作用。一方面，由于词牌所限，宋词题材大多倚红偎翠，而绝少直言国家大事。靖康之后，才有了岳飞、张孝祥、陆游、辛弃疾等人的爱国作品。另一方面，宋朝建立伊始就不断受到北方少数民族的军事威胁，但放眼宋词，爱国、抗战类的作品却少之又少，仅存十余首。而以戎马报国为主题的，恐怕只有苏轼的《江城子·密州出猎》能与贺铸词不相伯仲。但苏轼的"会挽雕弓如满月"在气魄上比《六州歌头》还要稍逊一筹。所以，贺铸的这首词，在宋词史上有着突出的意义。

但这些对于当年贺铸的仕途毫无帮助。据《宋史》记载，贺铸由于喜欢喝酒，并经常意气用事，所以官运一直不好。即便后来转做文职，依然得不到重用，始终郁郁不得志，后来无奈退隐苏州。

贺铸生活在苏州的这段岁月里，最为人所乐道的故事，就是他的一段艳遇。据说他曾遇到过一位妙龄女郎，并为此写下了传世名篇《青玉案》：

凌波不过横塘路，但目送、芳尘去。锦瑟华年谁与度？月桥花院，琐窗朱户，只有春知处。

飞云冉冉蘅皋暮，彩笔新题断肠句。试问闲愁都几许？一川烟草，满城风絮，梅子黄时雨。

姑苏水乡，横塘美梦。美丽的姑娘脚步轻盈地从自己身边走过，我与她之间隔了一条横塘路，只能目送她离去。不知道这样美好的年华，她与谁共同度过？是在月下桥边的花园里，还是在高楼花窗的朱门大户？或许，只有春天才知道吧。下片说，在这样的暮春时节，天上彩云飞，笔下断肠句。若问我到底有闲愁几许，就像一望无垠的烟草，像满城飞舞的柳絮，像梅子黄时的纷纷细雨。

青草、柳絮、飞雨，都是铺天盖地、难以计算的。而贺铸心中的"闲愁"也同样扑朔迷离，不计其数。贺铸因这首小词得名"贺梅子"，据说贺铸很喜欢这个名字。周汝昌先生说："晚近时候再也没有听说哪位诗人词人因名篇名句而得名。"可能这也是宋代文人的风趣与可爱之处。而在贺铸令人羡慕的感情世界里，偶遇的心动只是一瞬间，更多的是来自妻子的深情陪伴。

　　贺铸的妻子赵氏原是养尊处优的千金小姐，但因贺铸一生几乎都屈居下僚，经济上并不宽裕，所以嫁给贺铸后，不得不勤俭持家。她不畏劳苦，温柔体贴地照顾丈夫，两个人感情非常好。后来，妻子不幸过世，贺铸想起曾相濡以沫的时光，不禁悲从中来，挥笔写下一首词寄托哀思：

　　　　重过阊门万事非，同来何事不同归？梧桐半死清霜后，头白鸳鸯失伴飞。

　　　　原上草，露初晞，旧栖新垅两依依。空床卧听南窗雨，谁复挑灯夜补衣！

　　　　　　　　　　　　　　　　　　——《鹧鸪天》

　　"物是人非"这种感慨说起来最是心酸。所以贺铸责问妻子："为什么同来却不同归？"这种不合常理的嗔怪，看似无理取闹，实则情到深处。秋霜过后梧桐半死，词人更以白头鸳鸯自喻，垂垂老矣却无人相伴，孤独和凄凉呼之欲出。词作最后两句尤其伤感，夜雨敲窗，一灯如豆，忆起妻子从前"挑灯夜补衣"的形象，凄婉哀怨的感情缓缓打开读者的心扉，贫贱夫妻患难与共的真情荡气回肠，令人不免潸然泪下。

苏轼说"小轩窗，正梳妆"，也是爱恋情深，但相比之下，"挑灯补衣"不仅情深意长，而且更衬托出生活的艰辛。贺铸退隐苏州后，生活并不好，只能以放贷度日，如果遇到别人没钱，他还撕毁债券，从不计较，少年侠气在他身上依然隐隐发光。但接下去，只能是更拮据的生活。

纵观贺铸一生，仕途不畅，但其侠骨柔情却颇为动人。《六州歌头》里的英雄气，《鹧鸪天》中的儿女情，刚柔并济，颇有大侠之风。豪情是"侠"的骨骼，柔情是"侠"的血肉。他有北方人的性格，所以挥墨豪气冲天；也有南方人的血统，所以写词温柔雅丽。而这两种气质和风格，令他的词看起来有种奇崛的美感。可能也因此，铸成了他与世俗的不相宜。

晚年飘荡，贺铸的词风已不再有当年的锋芒，多的是流浪天涯后的凄凉，历尽尘世后的沧桑。

烟络横林，山沉远照，逦迤黄昏钟鼓。烛映帘栊，蛩催机杼，共苦清秋风露。不眠思妇，齐应和、几声砧杵。惊动天涯倦宦，骎骎岁华行暮。

当年酒狂自负，谓东君、以春相付。流浪征骖北道，客樯南浦，幽恨无人晤语。赖明月、曾知旧游处。好伴云来，还将梦去。

——《天香》

秋日黄昏，想到少年时的醉酒和轻狂，想起多年来流浪天涯的坎坷经历，慨叹不已。只有依然高悬的明月，知道他曾经走过的地方。从前的梦啊，伴着月亮，随彩云而来，随美梦而去……

将军白发
征夫泪
——范仲淹

古人认为，皇帝乃"真龙天子"，真龙一下凡，世间得太平，所以，普通百姓对皇帝的敬仰直如滔滔江水，绵绵不绝。但皇帝深居简出，不是普通人随便就能在街上遇到的。逢到皇帝出巡，基本相当于今天超级巨星登场，不但护驾保镖人山人海，个别区域还要进行道路管制。

话说那一年，赶上宋真宗出游，大队人马浩浩荡荡，十分隆重。道路两旁的群众争先恐后跑去围观，人群汹涌澎湃，部分地区的群众还发生了严重的"踩踏事件"。就在这样全城轰动、人皆夺门而出的时刻，唯有一个书生闭门不出。忽然，他的小伙伴跑过来叫他："哥们儿，赶紧出去看看吧，皇帝从皇宫里跑出来了，机会难得，走过路过千万不要错过，我让隔壁那小子帮占了位置，你速速与我同去！"结果，这个书生头也不抬地说：

"将来再见也不晚。"

第二年，这位书生高中进士，果然见到了皇上。他就是北宋历史上伟大的文学家、军事家、思想家、政治家——范仲淹。

范仲淹自幼孤贫，出生第二年父亲就过世了。母亲不是正室，只能带着他改嫁，范仲淹也随继父改姓朱。范仲淹读书很用心也很刻苦，为了激励自己，独自跑到寺庙里做寄宿生。苦读尚且不够，范仲淹还进行"苦修"。隆冬时节，他每天熬一锅粥，凉了以后切成四块，早晚各取两块，吃点咸菜，喝点醋，就算一天的粮食了。后世赞誉他"断齑画粥"正源于此。

一个偶然的机会，二十几岁的范仲淹知道了自己的身世，含泪辞别生母继父，踏上了异地求学的路，一步迈进了宋代四大书院之一：应天府书院。这里汇集了许多知名人士，师生交流共同进步的氛围深深感染了范仲淹。藏书众多，是最直接的益处；减免学费，是最吸引人的政策。对离家的范仲淹来说，这里不失为求学的圣地。有同学看范仲淹生活清苦，就送他些美食，结果范仲淹却不肯吃，他怕自己生活安逸起来以后不能再过苦日子。就这样，范仲淹披星戴月地勤学苦读，终于如愿以偿，从"寒儒"一跃而为"进士"，开启了自己近四十年的仕途生活。

范仲淹曾受宰相晏殊推荐，负责国家图书的整理与分类工作。当时的皇帝是宋仁宗，仁宗虽贵为天子，但施政大权却掌握在养母刘太后的手里。时逢刘太后大寿，仁宗要携百官磕头跪拜。范仲淹挺身而出，上书说：仁宗乃一国之君，君主之尊严乃国家之体面，不能轻易辱没，只要尽孝心行家礼就可以了。接着，范仲淹觉得不过瘾，继续上书给太后，催促刘太后还政于仁宗。可想而知，不久之后范仲淹即被贬官。但范仲淹一片忠心打动了宋仁宗，刘太后一死，仁宗立刻调范仲淹回京。

1038 年，李元昊称帝，建立西夏。李元昊为了逼迫北宋承认自己的历史地位，集结兵力，大举进犯边境。消息传来，朝野震动。康定元年（1040），因边关吃紧，宋仁宗知道范仲淹众望所归，便调范仲淹回京任职。同年，升范仲淹为龙图阁直学士（相当于副局级干部），命他戍边练兵，守塞建城。到 1043 年范仲淹再次调回京止，这三年的戍边生活，为范仲淹的创作积累了宝贵的生活素材，他最著名的几篇词作均创作于这段时间。

> 碧云天，黄叶地。秋色连波，波上寒烟翠。山映斜阳天接水。芳草无情，更在斜阳外。
>
> 黯乡魂，追旅思。夜夜除非，好梦留人睡。明月楼高休独倚。酒入愁肠，化作相思泪。

——《苏幕遮·怀旧》

这首传唱千古的名篇，因写作背景不详存在个别争议。有学者认为，从"水""高楼"等处推断，这首词应是写于范仲淹戍边回来后，调任杭州时所作。也有观点觉得这首词写在范仲淹镇守边境时。但写作时间的差异并没有影响该词的艺术成就。

上片起笔，范仲淹便从天地磅礴大气中抽取无边秋色，"碧云天，黄叶地"，远山、斜阳、芳草，在这样广阔的景色里，忧思、乡愁、旅怀，各种情绪都变得黯淡。独倚栏杆，暗自垂泪，美酒和着伤感，进入愁肠，浓烈地在心里燃烧，化为无尽的相思，无尽的眼泪。自古文人多风流，尤其是宋代文人、因生活稳定安逸，更添几分滋润和情致，所以宋词中多写男欢女爱、相思成灾，但能够将相思这一主题写到如此沉痛的却不多见。所以，清代学者张惠言等甚至认为这首词写的不是秋色，而是范仲淹的忧国情怀。

这种观点似乎有些道理。一方面，清代中后期，内忧外患，腹背受敌，在这种时刻，爱国的呼声比任何时候都来得响亮而沉痛，所以清代学者读这样的词，其联想力、共鸣情与代入感，可能都比较强烈。另一方面，纵览范仲淹一生，他为国为民做出了很多有益的事，写下过"先天下之忧而忧，后天下之乐而乐"的句子，其爱国情怀可见一斑。所以，这首词的开阔和苍凉，说是对国家的一片深情似乎并不为过。

当然，更有趣的还是后世对这首词的喜爱。明代王实甫将这首《苏幕遮·怀旧》的意境和句子直接引入千古名剧《西厢记》里。甚至到了 20 世纪，台湾作家琼瑶也从这首词里幻化出两本书名《碧云天》《寒烟翠》，足见其影响深远。

除这首词外，范仲淹在戍边的三年间还创作了脍炙人口的名作《渔家傲·秋思》。

塞下秋来风景异，衡阳雁去无留意。四面边声连角起。千嶂里，长烟落日孤城闭。

浊酒一杯家万里，燕然未勒归无计。羌管悠悠霜满地。人不寐，将军白发征夫泪。

范仲淹写过一组描绘边塞生活的《渔家傲》，都以"塞下秋来"起笔，这首便是其一。上片写景，景中有情。边塞的秋天与内地的秋色是完全不同的风景。雁去衡阳，一点也没有停留的意思。四面风声雨声人声马嘶声不断响起，跟这些一起出现的还有军营里传出的号角声。层峦叠嶂的山峰像层层屏障，烟雾弥漫，落日照射着一道道紧闭的城门。

下片转入写情，但情中有景。浊酒一杯，这是近前事。家乡万里，那是很遥远的乡愁。再多的酒也填不满思乡情，举杯消愁愁更愁。家在万里之外，想回去那是非常困难的。因为还没有完成朝廷交给的任务，不能像东汉窦宪那样成功抗击匈奴后在燕然勒石记功，所以归期不定。思乡固然情重，但作为边防军士，国家的担子更重。此时，听到悠扬的羌笛声响起，看到银白的浓霜铺在地上。夜已深沉，将士们依然无心睡眠：将军操持军务，备极辛苦，已须发斑白；而士兵们离家日久，也因思乡流下了泪水。全词情真意切，感人肺腑。

范仲淹与其他创作军旅题材作品的人不同，他亲历战场，戍边建城，带兵作战。他建立的西北边防战线固若金汤，西夏人不敢再犯。西北边陲甚至有童谣说："军中有一范，西贼闻之惊破胆！"所以，在范仲淹的作品中，有普通词人没有的英雄情怀。而范仲淹也将自己几年中的所见所闻所感倾泻词中，读罢每每令人有身临其境之感。

庆历三年（1043），李元昊请求议和，西边战事稍宁，仁宗召范仲淹回京任职。紧接着，在仁宗的催促下，范仲淹与富弼、韩琦等人起草了国家改革方案，史称"庆历新政"。

新政实施的短短几个月，社会风气为之一振。尤其是人才选拔机制的改革，逐渐限制了一些不学无术的富家子弟，而令一些有才之士得到破格提拔。新政期间，官僚机构开始缩减，全国范围内大规模创办学校，政局焕然一新。但跟历史上很多改革的命运一样，改革力度越大，成效越显著，既得利益者的反扑就越猛烈。

庆历五年（1045），保守派诬陷攻击革新派为"朋党"，范仲淹等遭贬官外放，刚刚进行了一年多的改革随之失败。

庆历六年（1046），范仲淹好友滕子京来信，邀请他为重修岳阳楼作传，并送了一幅《洞庭晚秋图》。范仲淹此时身体欠佳，但还是应下此事。他感慨良多，挥毫泼墨，饱蘸感情的浓浆，奋笔疾书写下千古雄文《岳阳楼记》，表达了自己位卑未敢忘忧国的理想，留下了"居庙堂之高则忧其民，处江湖之远则忧其君"的名句。

皇祐四年（1052），范仲淹调任颍州途中，行至徐州，因病辞世，享年六十四岁。仁宗手书"褒贤之碑"，赐谥号文正，追封楚国公。

范仲淹生时说"宁鸣而死，不默而生"，他的词作千古传唱，他的改革名留青史，也算是成全了他毕生所愿吧。

忠愤填膺
肝胆皆冰雪
——张孝祥

　　张孝祥是南宋著名词人，号于湖居士，唐代诗人张籍的后代。他才思敏捷，词风豪迈，因为仰慕苏轼，每次写了诗文，都要问问周围人："这篇跟苏轼比怎么样？"也许南宋人无法回答这个高深的问题，但后人确有定论：纵观宋词史，张孝祥上承苏轼，下启辛弃疾，对南宋词坛有着举足轻重的作用。

　　《宋史》记载，张孝祥"读书过一目不忘，下笔顷刻数千言"，绝对是不可多得的人才。但张孝祥考进士时颇费周折，原因是那年与他一同参加考试的还有一位重量级人物——秦桧的孙子。

　　秦桧为了自己的孙子能够金榜题名，十分有效地利用了官场的"潜规则"，以宰相的身份和权势迫令主考官屈服，将自己孙子列为状元。试卷送到高宗手里后，皇帝非常生气，觉得这秦桧的孙子说起话来跟秦桧平时一个套路，毫无创见。而张孝祥的卷子见解独到不说，书法也比较帅气。高宗一想秦桧平时的所作所为，心中立刻有数，于是决定举行殿试。

再说那张孝祥，考完试后就知道秦桧做了手脚，心里非常郁闷，觉得自己再难出头，所以终日借酒消愁。结果，天降喜讯，忽然传来消息说皇帝要殿试。张孝祥心里非常激动，他矗立庭前，提笔成文，龙飞凤舞一气呵成，觉得不如此便不足以倾诉心中的惊喜。高宗一看，明明就是人才啊，于是立刻钦点为状元，也借此打击一下秦桧的嚣张气焰。

等张孝祥中了状元后，秦桧的奸党曹泳为了拉拢新科状元，想把自己的女儿嫁给张孝祥。张孝祥对秦桧一党深恶痛绝，硬是拒绝了这门亲事。更让秦桧气愤的是，张孝祥刚刚登第就上书皇帝为岳飞喊冤，公开和秦桧作对，站到了主战派的队伍里。

秦桧心中大不悦，觉得张孝祥软硬不吃，现在又是皇帝面前的红人，留着他必有后患，于是编了个罪名，告张孝祥父亲张祁谋反。罗织莫须有这种罪，在秦桧手里已然驾轻就熟，张祁被关入大牢。不幸之中的万幸是，秦桧很快就死了，张孝祥上书为父伸冤，最终得到平反。皇帝再次重用张孝祥，起草诏书，批阅文件，他终于开始了真正的仕途生活。

张孝祥任职期间屡屡上书，提议加强边防，抵御金人；还提出许多改革的举措，显示了远大的政治理想。他一生以恢复中原为志向，词作也多以此为题材，最著名的《六州歌头》便是这类主题的代表作：

长淮望断，关塞莽然平。征尘暗，霜风劲，悄边声。黯销凝。追想当年事，殆天数，非人力，洙泗上，弦歌地，亦膻腥。隔水毡乡，落日牛羊下，区脱纵横。看名王宵猎，骑火一川明，笳鼓悲鸣。遣人惊。

念腰间箭，匣中剑，空埃蠹，竟何成！时易失，心徒壮，岁将零。渺神京。干羽方怀远，静烽燧，且休兵。冠盖使，纷驰骛，若为情！闻道中原遗老，常南望、羽葆霓旌。使行人到此，忠愤气填膺。有泪如倾。

词的上片写大时代宋金对峙的局面，下片写小个体壮志难酬的人生。从朝廷当政者安于现状，到中原百姓空盼复兴，其中往来穿梭时不我待的感伤，令人读罢悲壮难平。尤其是最后一句"忠愤气填膺，有泪如倾"，既表达了山河破碎风飘絮的凄凉，也暗示了对朝廷屈辱求安的强烈愤懑，不禁令人感慨良多。

　　这首词是张孝祥留守建康时期所作。那次宴会上，他作词后，主战派张浚沉默不语，起身离席。可见，这首《六州歌头》对主战人士内心触动极大，也因此被很多名家誉为"词史"。

　　张孝祥填词，一方面学苏轼的"疏豪"，另一方面，他也学苏轼的"狂放"，兼具浪漫主义情怀，运笔自如，如法天成。前面这类的典范是《六州歌头》，后者翘楚当归《念奴娇·过洞庭》：

　　　　洞庭青草，近中秋、更无一点风色。玉鉴琼田三万顷，着我扁舟一叶。素月分辉，明河共影，表里俱澄澈。悠然心会，妙处难与君说。

　　　　应念岭表经年，孤光自照，肝胆皆冰雪。短发萧疏襟袖冷，稳泛沧溟空阔。尽吸西江，细斟北斗，万象为宾客。扣舷独啸，不知今夕何夕。

在中国古典文学中，很少有单纯描绘景色的诗词，所谓"一切景语皆情语"说的正是这个意思。古人写作诗词，名为写景实为感怀。万顷山光水色，无限人世悲喜。有留恋，有怅惘，有憧憬，也有叹息。青春的痴情，家国的忧虑，种种复杂的感情交织在一起，令敏感的文人们觉出人生苦短、壮志难酬。陈子昂感伤"念天地之悠悠，独怆然而涕下"；张若虚感叹"今人不见古时月，今月曾经照古人"；苏轼乘一叶小舟划过赤壁，感慨"天地曾不能以一瞬……物与我皆无尽也"。面对天地间恒常的清风明月，人们常会不自觉地沉浸在澄澈的感觉中，悠然自得，体会天人合一的妙悟。

1166 年，张孝祥因屡屡支持北伐而受到主和派的排斥，被贬职北归，途经洞庭湖，创作了这首《念奴娇·过洞庭》。山川峭拔，湖水明净，体现了张孝祥内心的壮美和宁静。而"孤光自照，肝胆皆冰雪"是对词人情感、人格的提升与净化。"西江""北斗""万象为宾客"，作者在反客为主的时候，情动于中不能自已，禁不住扣舷而歌，"不知今夕何夕"。从忘情于自然美景，到忘怀得失，最后登上了忘我的高峰，安静恬淡，"无一点风色"的洞庭湖，居然也雷霆万钧、壮志凌云起来。

　　历史上的张孝祥是一个有胸襟、有胆略、有气魄的人，才华直逼苏轼。他崇拜苏轼，却又希望能独辟蹊径开创自己的风格。张孝祥在水天之间寄托了自己的理想，将孤傲高洁的心性与壮怀激烈的感情巧妙地融合在了一起，不但秉承了苏轼的豪放，也开创了后世辛派词人的沉郁和悲凉，完成了苏辛二人在历史长空与文学承继上的完美对接。当然，这些后世的美誉，张孝祥是无法得知的。他能留给后人的，唯有峭拔的心路、超拔的志向和曲折的故事。

　　据说张孝祥少时读书，听到池塘中蛙声不断，一气之下随手将砚台砸到水里，池内立刻寂静无声。后来，这个水池竟再无蛙声喧闹，人们称此为"禁蛙池"。在古人看来，这少年恐怕就是"文曲星"转世，因为只有神仙下凡才能镇住地上的"生灵"。后来的后来，人们知道了，张孝祥就是当年差点被秦桧埋没终被宋高宗御笔钦点的状元……

浓浓爱国意
念念北伐心
——陆游

徽宗宣和七年（1125）十月，陆游降生在风雨飘摇的北宋末年。是年冬，金人出兵攻打北宋，宋徽宗传位于儿子，宋钦宗继位，改元"靖康"。不到两年的时间，宋徽宗与宋钦宗被俘，北宋彻底覆灭。所以，靖康元年（1126）是陆游人生的起点，也是北宋沦亡的开始。

"我生学步遭丧乱"，是陆游的感慨，也是陆游的无奈。自出生起，陆游便随着家人一路南下，幼小的心灵在国家灭亡和举家逃难中受到强烈的震撼，由此在内心播下"北伐"的种子。日后，宦海沉浮，几次起落，丝毫不曾动摇过陆游的信念，因为那枚"王师北定"的种子在陆游的心里顽强地扎根，任性地疯长。而他的经历，他的理想，他的作品，他的心路，都是盘绕在这棵大树上的枝枝蔓蔓，丰富着他的人生，改写着他的命运。

绍兴二十三年（1153），陆游进京赶考，因排名在秦桧孙子秦埙之前，被秦桧所免。直到秦桧病逝，陆游才正式步入仕途。1162年，金军南下，北方战线较为空虚，当地人纷纷起义，反抗金人的统治。彼时的南宋，已然在江南建立了政权，宋高宗无意北伐，耽于享受，让陆游很是郁闷。

　　家住苍烟落照间，丝毫尘事不相关。斟残玉瀣行穿竹，卷罢《黄庭》卧看山。

　　贪啸傲，任衰残，不妨随处一开颜。元知造物心肠别，老却英雄似等闲！

——《鹧鸪天》

这首词中有着陆游难得一见的飘逸和潇洒。他将自己的住处勾勒得美好而空灵。"苍烟落照"的景色不染尘埃，所以他也不想关心世事。喝着美酒在竹林里读读好书，看看远山，这样旷达自在的生活实周遭的事情也总能令自己笑逐颜开。但造物主无情，让英雄与普通人一样慢慢衰老！如果

歌缥缈，舻呕哑，酒如清露鲊如花。逢人问道归何处，笑指船儿此是家。

——《鹧鸪天》

后人评陆游词"清丽处如秦观，雄健处似苏轼"，确有几分道理。"双双新燕，片片轻鸥"有秦学士的细腻，"懒学种青瓜，渔钓送年华"又颇有几分苏学士的豪迈。妙手一出，大手笔写小生活，构思有序，用词质朴，读来清新自然，如临其境。可见，如果陆游生活平顺，事业安稳，他很可能变成一位优秀的田园诗人。但理论是一回事，现实是另外一回事。

1169 年，赋闲四年的陆游被朝廷征召做夔州通判。1171 年，陆游离开夔州，欢欢喜喜只身赴汉中，到王炎幕府任职，在大散关一带巡逻。可能陆游自己也未曾料到，大散关的生活后来竟成为他毕生最珍贵的回忆之一。

大散关是川陕地区交通要地，战略位置非常特殊。关的这边是南宋前线的守军，关的那边是陕西，是长安，是沦陷的中原。抗金前线的真实生活，挥师北伐的激动心情，让已年近五十的陆游充满了力量。正当陆游为理想摩拳擦掌的时候，朝廷忽然否决了北伐的计划，解散幕府，调王炎回京。军旅生活的深刻体验，立志报国的满腔热情，顷刻间，成为梦幻泡影，令陆游壮志成虚。这是陆游离自己的理想最近的一次，也是他生命中离北伐最近的一次。

> 雪晓清笳乱起，梦游处，不知何地。铁骑无声望似水。想关河，雁门西，青海际。
>
> 睡觉寒灯里，漏声断，月斜窗纸。自许封侯在万里。有谁知，鬓虽残，心未死！
>
> ——《夜游宫·记梦寄师伯浑》

1172 年冬，陆游怀着巨大的失落结束了前线的军旅生活，到蜀中任闲职。收复失地的雄心壮志，报国无门的满腔悲愤，"鬓虽残，心未死"的纠结与挣扎，又有谁能知道呢？

此番大散关前取消北伐一事，对陆游的打击非常沉重，但他生性执着，血液里涌动着不达目的誓不罢休的劲头。即便被调任闲职，依然大胆上书，屡次建议出师收复失地。可惜，从未被采纳过。

为官多年的陆游年纪越来越大，已经不再适合做官。宋朝对这样的官员给予优待，给他一座庙宇让他管理，庙宇的收入也划为他的俸禄。所以，其后很多年，陆游都以"奉祠"维持家人生计。此间，有人攻击他"狂放"，陆游将计就计，干脆自号"放翁"。

直到 1178 年，孝宗才再次召见陆游。陆游四十六岁入川，如今已五十四岁。八年的时间，陆游总是盼望着能回到家乡，但如今真要离别，才觉蜀地的时光也分外可贵，多年的生活也让他依依不舍。这是常情，也是深情。

归梦寄吴樯，水驿江程去路长。想见芳洲初系缆，斜阳，烟树参差认武昌。

愁鬓点新霜，曾是朝衣染御香。重到故乡交旧少，凄凉，却恐他乡胜故乡。

——《南乡子》

当年也曾身穿朝服上殿面君，如今，鬓角添了许多白发。回到故乡，那些旧相识老朋友，恐怕已经很少了吧，能够聊得来的人也许并不比蜀地多。那种回乡时的尴尬，亲切又疏离的痛感，陌生也胆怯的凄凉，被陆游刻画得真实动人。

再次回到朝廷的陆游，很快就发现北伐无望，他心心念念的恢复中原之大计，已经渐渐变得虚幻，如水中月，镜中花，可望而不可即。

宋光宗绍熙元年（1190），主和派发起对陆游的攻击，原因是陆游"喜论恢复"。朝廷最终将陆游罢官的由头是"嘲咏风月"。陆游一气之下离开京师，将自己的住宅命名为"风月轩"，以示抗议。此后，年近七十的陆游开始了隐居生活。

当年万里觅封侯，匹马戍梁州。关河梦断何处？尘暗旧貂裘。

胡未灭，鬓先秋，泪空流。此生谁料，心在天山，身老沧洲。

——《诉衷情》

晚年的陆游回忆最多的还是那段匹马戎装的岁月。

　　陆游一生坎坷，但才华盖世，文史兼通，所著颇丰。他可以诗，可以词，可以文，且能编修国史，乃罕见的奇才。他的作品内容广泛，写日常生活的宁静与恬淡："小楼一夜听春雨，深巷明朝卖杏花。""山重水复疑无路，柳暗花明又一村。"也悼毕生难忘的情事："路近城南已怕行，沈家园里更伤情。""玉骨久成泉下土，墨痕犹锁壁间尘。"七十几岁的时候，陆游依然对前妻唐琬念念不忘，每至沈园都哀伤悲恸，可见他用情之深。也谈自己高洁的志向与情操："零落成泥碾作尘，只有香如故。"但在这些作品中，最令陆游光芒四射的还是他坚定北伐的决心和勇气、至死不渝的"战神"风采。

　　即便在隐居不出的岁月里，陆游也从未断绝与主战派的接触，先是与范成大结莫逆之交，又与辛弃疾促膝长谈。韩侂胄兴"庆元党禁"，陆游写诗批判韩；但韩侂胄决定挥师北伐，陆游又为韩站脚助威。陆游用自己的行动来表明：愿以毕生余力，誓弘爱国大业。可惜，这些努力却无法兑现成实际，只能化成字里行间绵绵的遗憾、不绝的悔意。

　　壮岁从戎，曾是气吞残虏。阵云高、狼烟夜举。朱颜青鬓，拥雕戈西戍。笑儒冠、自来多误。

　　功名梦断，却泛扁舟吴楚。漫悲歌、伤怀吊古。烟波无际，望秦关何处？叹流年、又成虚度。

——《谢池春》

　　桐叶晨飘蛩夜语，旅思秋光，黯黯长安路。忽记横戈盘马处，散关清渭应如故。

　　江海轻舟今已具，一卷兵书，叹息无人付。早信此生终不遇，当年悔草《长杨赋》。

——《蝶恋花》

　　老年的陆游，念念不忘的仍然是那段幕府的经历。偶尔，他也会说"叹流年，又成虚度""当年悔草《长杨赋》"，但这些，都不过是他胸中壮志未酬的托词，是他心中不忍细看的伤疤。若非如此，他便不会在弥留之际，含恨留下绝笔。

死去元知万事空，但悲不见九州同。

王师北定中原日，家祭无忘告乃翁。

——《示儿》

　　这是陆游的遗书，也是他至死不渝的宏愿。

　　1210 年，八十六岁的陆游在悲愤中与世长辞。后人梁启超仰慕其精神，赞其曰：

诗界千年靡靡风，兵魂销尽国魂空。

集中什九从军乐，亘古男儿一放翁。

——《读陆放翁集》

振翅难飞

壮志难酬

——辛弃疾

　　醉里挑灯看剑，梦回吹角连营。八百里分麾下炙，五十弦翻塞外声。沙场秋点兵。

　　马作的卢飞快，弓如霹雳弦惊。了却君王天下事，赢得生前身后名。可怜白发生。

　　　　　　　　　——《破阵子·为孙同甫赋壮语以寄》

　　这首《破阵子·为孙同甫赋壮语以寄》是辛弃疾晚年回忆当年战火中的青春时写下的经典之作：醉意犹酣时，灯前查看佩身宝剑；半梦半醒之间，听得营地里号角声声。坐骑好似名马的卢般飞快，利箭发射时有如霹雳雷鸣。为君主完成统一大业，活着或死去都要赢得报国立功的英名！

　　这是辛弃疾一生追求的理想，也是他此生难全的愿望……

宋朝皇帝都不喜欢打仗，北宋如此，南宋亦然。南宋高宗皇帝赵构之所以"不好战"，最重要的原因就是，生怕父亲和哥哥一旦从金国获释回来，自己就得从皇位上滚落下来。然而，皇帝"不好战"，不等于臣民也跟着软弱怯懦，比如被赵构冤杀的岳飞，就是流芳百世的爱国将领。又比如以许多雄壮词篇而传颂千古的辛弃疾，也是一位当时的英雄——他的词作，就被后人称为"英雄之词"。

南宋绍兴十年（1140），辛弃疾出生于济南。他出生的时候，离1127年北宋王朝灭亡，已有十四年。辛弃疾自小就对国土沦陷、外族欺压的痛苦有着切身的体验，抗敌报国的愿望随着年龄的增加，在他的心中日渐萌发、滋长。

绍兴三十一年（1161），辛弃疾二十二岁，就在这一年，金主完颜亮悍然大举南侵，企图彻底消灭偏安于临安（今浙江杭州）的南宋政权。中原百姓为了不再忍受金主的横征暴敛，纷纷组织义军，辛弃疾也在家乡聚众两千多人，亮出了起义的旗帜。紧接着，辛弃疾获悉另一支由农民领袖耿京领导的山东义军实力强大，已经攻占了军事重镇东平府郓州，便果断地率领队伍投奔了耿京，并在耿京的义军中担任了"掌书记"一职（主要工作是负责全军的书檄文告）。

　　值此青春年少时，辛弃疾从戎马倥偬的战斗经历开始，走上了壮怀激烈的人生道路。

　　绍兴三十二年（1162），金国统治者内部矛盾爆发，金主完颜亮在前线被部下所杀，金军陷于混乱，只好北撤。辛弃疾奉耿京之命，南下与南宋朝廷联络，希望归附朝廷。然而，就在他完成使命回归山东途中，却获悉耿京已被叛徒张安国所杀，其部队也开始溃散。智勇双全的辛弃疾义愤填膺当机立断，竟然只身率领五十多人的一队精兵，千里奔袭，闯入五万人的重重敌营，生擒了叛徒张安国，然后又押解着叛徒，马不停蹄地赶回建康（今江苏南京），交给朝廷处决。辛弃疾惊人的勇敢和果断，使他名重一时，"壮声英概，懦士为之兴起，圣天子一见三叹息"。胆小懦弱的皇帝赵构很是欣赏辛弃疾的英雄气概，不久便任命他为江阴签判。从此，辛弃疾开始了他在南宋的仕宦生涯。此时，辛弃疾年方二十三岁。

　　许多年之后，当与友人聊起那场注定被载入史册的奇迹般的千里奔袭战，他仍然抑制不住"气吞万里如虎"的万丈豪情，在友人的一片赞叹声中，他慨然命笔，写下了这首词：

休说鲈鱼堪脍，尽西风、季鹰归未。求田问舍，怕应羞见，刘郎才气。可惜流年，忧愁风雨，树犹如此！倩何人唤取，红巾翠袖，揾英雄泪！

——《水龙吟·登建康赏心亭》

此后多年，辛弃疾词作的大半部分，都是在围绕着一个大主题创作：抒发壮志难酬、报国无路的沉郁悲愤心情。比如这首：

少年不识愁滋味，爱上层楼，爱上层楼，为赋新词强说愁。

而今识尽愁滋味，欲说还休，欲说还休，却道天凉好个秋。

——《丑奴儿·书博山道中壁》

又如这首：

举头西北浮云，倚天万里须长剑。人言此地，夜深长见，斗牛光焰。我觉山高，潭空水冷，月明星淡。待燃犀下看，凭栏却怕，风雷怒，鱼龙惨。

峡束苍江对起，过危楼，欲飞还敛。元龙老矣，不妨高卧，冰壶凉簟。千古兴亡，百年悲笑，一时登览。问何人又卸，片帆沙岸，系斜阳缆。

——《水龙吟·过南剑双溪楼》

南宋淳熙八年（1181）冬天，辛弃疾四十二岁，南渡之后命途多舛的他又遭弹劾，再次被迫赋闲家居，重拾"宅男"旧职。这一次，他被贬之地是江西上饶，此后二十余年，他就定居在了上饶。

上饶为四省通衢，离南宋首都杭州很近。便利的交通更兼优美的环境，吸引了许多士大夫到此定居。辛弃疾来到上饶后，一下子看中了这里。他在城北建筑了一百来间房舍，又将房舍左边的荒地开辟为田园，栽满了水稻。屋内推窗即见满目庄稼，所以他将这处亲手规划设计修建的寓所，命名为"稼轩"，后来写诗作文，落款时常常自称"稼轩居士"，出处就由于此。

辛弃疾还在田边修了一座亭子，取名"植杖"，好像真的想亲手拿起农具耕作。新居将要落成时，他写下了这首词：

　　三径初成，鹤怨猿惊，稼轩未来。甚云山自许，平生意气，衣冠人笑，抵死尘埃。意倦须还，身闲贵早，岂为莼羹鲈脍哉。秋江上，看惊弦雁避，骇浪船回。

　　东冈更葺茅斋，好都把轩窗临水开。要小舟行钓，先应种柳，疏篱护竹，莫碍观梅。秋菊堪餐，春兰可佩，留待先生手自栽。沉吟久，怕君恩未许，此意徘徊。

　　　　　　　　　　——《沁园春·带湖新居将成》

　　随后，辛弃疾又描绘了新居及周边田园规划图，交给自己的好友兼粉丝、翰林大学士洪迈，嘱咐洪迈说："吾甚爱吾轩，为吾记。"大学问家洪迈没有辜负辛弃疾的愿望，一气呵成，挥笔写下了流传后世的美文《稼轩记》。后人传为美谈的辛弃疾孤军闯敌营、生擒叛徒张国安的故事，就记载于这篇《稼轩记》里："……侯本以中州隽人，抱忠仗义，章显闻于南邦。齐虏巧负国，赤手领五十骑缚取于五万众中，如挟兔，束马衔枚，间关西奏淮，至通昼夜不粒食：壮声英概，懦士为之兴起！圣天子一见三叹息……"

辛弃疾本来是才华出众的忠义之士，他的名声一直传颂在南宋。张安国背叛国家，辛弃疾率领五十骑将他从五万众之敌营中生擒回来，就好像撬开岩石逮兔子一般轻松。之后马蹄裹布，马嘴含物，取道淮西南下，一天一夜不吃饭，声势雄壮慷慨，使那些怯懦的人深受鼓舞，皇上召见他时也再三赞叹……

然而，文武兼具、智勇双全的辛弃疾，可谓生不逢时。在南渡以后的四十五年中，曾经遭受过多次的谗毁和摈斥，放废于林泉间者，前后有将近二十年之久。反反复复的起起落落，不由人不心生冷意。所以，既非常了解辛弃疾境遇又十分理解他心境的好友洪迈，在《稼轩记》里又说："彼周公瑾、谢安石事业，侯固饶为之。此志未偿，因自诡放浪林泉，从老农学稼，无亦大不可欤。"——类似那周瑜、谢安的功业，辛弃疾本来是可以建立的。但这个志向还没实现，就自己表示要纵情山水，跟从老农学习耕种，也没有什么不可的。这段话，真切鲜活地记录下了辛弃疾壮志未酬、心有不甘的状态。

1196 年夏，带湖庄园失火，辛弃疾举家迁居离此不远的瓢泉。同年秋天，辛弃疾生平所有的各种功名头衔全部被朝廷削得一干二净，他也因此真正过起了游山玩水、野鹤闲云的村居生活，写下了大量讴歌田园风物、四时风光、世俗民情的诗词。"我见青山多妩媚，料青山见我应如是。情与貌，略相似。""东风夜放花千树，更吹落，星如雨。""最喜小儿无赖，溪头卧剥莲蓬。"

表面看来，辛弃疾淡泊清静放浪林泉与世无争，其实他心中的爱国热忱丝毫没有消减，无时无刻不惦记着收复失地、一统河山的家国大计。在吟唱田园风物的同时，每每遣怀抒情，他又总是不自禁地写下忧国忧民、斗志昂扬的辞章："此身忘世浑容易，使世相忘却自难。""袖里珍奇光五色，他年要补天西北。""男儿到死心如铁，看试手、补天裂。"

时间到了1207年秋天，辛弃疾病重在床时，朝廷又来诏命，要他出山担任枢密都承旨一职。此职与宰相平级，直接协助皇帝决策军机，协调全国军务。遗憾的是，此时的辛弃疾已经沉疴难起，只得上奏请辞。10月3日，这位伟大的英雄、爱国词人，在南渡四十五年之后，怀抱着满腔未得一用的忠义和谋略离开了人世。传说，临终之时，他大呼数声"杀贼"而瞑目。

这一年，辛弃疾六十八岁。

第七章——

回不去
的故乡

朱敦儒，1081 年生，字希真，河南人。《宋史》记载其"志行高洁，虽为布衣，而有朝野之望"。朱敦儒虽然只是一介布衣，但在朝廷和民间都很有威望。所以靖康时期，宋钦宗曾召他入京，想授予他学官。但朱敦儒拒绝了这个邀请，他给出的理由是："麋鹿之性，自乐闲旷，爵禄非所愿。"意思就是，我这种人就像麋鹿一样，天性就是自由自在地在旷野中生活，功名利禄这种事并不是我所渴望的。因着这份清高与潇洒，人赞其"天资旷逸，有神仙风致"。这还不够，朱敦儒从京师返回洛阳后，竟然洋洋洒洒地写下了一首词直抒胸臆：

我是清都山水郎，天教懒慢与疏狂。曾批给雨支风券，累上留云借月章。

　　诗万首，酒千觞，几曾着眼看侯王。玉楼金阙
慵归去，且插梅花醉洛阳。

——《鹧鸪天·西都作》

　　这首《鹧鸪天·西都作》是朱敦儒前期词作的代表，
也是其早年个性气质的集中体现。上片起笔，开篇点题，
"我是清都山水郎"，意为我就是掌管天界山水的郎官，这
份慵懒和疏狂本就是天性使然。直抒胸臆，语气豪放！那
么山水郎的工作是什么呢？就是审批风来雨去、留云借月
的事情，而这些正是大自然能供给人间的必不可少的资
源。在这样浪漫的想象中，朱敦儒完成了对自己理想世界
的塑造。

　　下片直接转入对现实生活的描写。饮酒赋诗，轻慢王
侯，轻蔑世俗。那些所谓的琼楼玉宇、王侯将相、富贵功
名，根本入不了朱敦儒的"法眼"。所以，他说不如"归
去"，还是回去斜插梅花，醉倒在洛阳城里吧。也只有这
样自由自在潇洒自如的生活，才是他真正的"归宿"。

　　"纵情于山水，豪放而不羁。"可说是朱敦儒前半生的
理想，也是他毕生不懈的追求。而这首《鹧鸪天·西都作》

自诞生起就因其爽朗与潇洒，流行于汴京和洛阳等地，深受人们的喜爱，由此成为北宋末年脍炙人口的小令。

如果历史的战车依然平稳前行，朱敦儒可能就会变成第二个林逋，山清水秀、疏影横斜、醉插梅花，如此潇洒通透地过完幸福的一生。但历史拐点突然出现，1127 年，金兵南下，掳走宋徽宗和宋钦宗，北宋灭亡。

不是每个人都能承受亡国之痛的，大历史浪潮下的小人物，尤其懂得"山河破碎"的凄凉。即便如朱敦儒这样不问世事懒理世俗的人，也不禁在亡国逃难的日子里呻吟感慨。

刘郎已老，不管桃花依旧笑。要听琵琶，重院莺啼觅谢家。

曲终人醉，多似浔阳江上泪。万里东风，国破山河落照红。

——《减字木兰花》

唐代刘禹锡曾写诗云："玄都观里桃千树，尽是刘郎去后栽。"等后来经历了贬官等人生变故后，再游玄都，刘禹锡又写："种桃道士归何处？前度刘郎今又来。"苏轼外放密州时写词说"老夫聊发少年狂"，当时也只有三十九岁，但心中凄凉故而自称"老夫"。都说青春不是朱颜皓齿，而是积极向上的心态，这个道理古人似乎早有体悟。朱敦儒开篇以"刘郎已老"自喻，也是大有颠沛流离、心境苍老之叹。

1127 年，"清都少年"的俊逸在南渡之后，很快就被"中年刘郎"的蹉跎所替代，四十七岁的朱敦儒发出了中年人的感慨。"桃花依旧笑春风"，但刘郎已老，中年万事休，那些春风桃李、儿女情长的事，朱敦儒再没兴趣欣赏。看来只能去深院里寻找擅长弹琵琶的歌女了。而"琵琶语"已然是心事寂寥、伤感落泪的暗指。

下片直接写听过琵琶后，曲终人醉。"江州司马青衫湿"，朱敦儒就如当年白居易般感慨良多，涕泗横流。万里东风浩荡依旧，但国土沦丧，只剩下半壁江山映照在如血的残阳中，词境凄婉，饱含亡国之痛。

也许从这时起，朱敦儒的心理起了微妙的变化，这变化一时说不上是什么，但总有些情绪滚动在他的作品中。

扁舟去作江南客，旅雁孤云，万里烟尘。回首中原泪满巾。

碧山对晚汀洲冷，枫叶芦根，日落波平。愁损辞乡去国人。

——《采桑子·彭浪矶》

这份流动的感情，或许是拳拳赤子心，或许是殷殷报国意，总会在某一时刻被点亮。

绍兴二年（1132），有人举荐朱敦儒，说他有经世之才，懂得如何治理国家。高宗下诏任命他担任右迪功郎（宋代属于正九品官职，相当于现在的科级干部，类似镇长或街道办主任等职）。不仅如此，高宗还派人督促他上任，但朱敦儒仍然不肯受诏。

这时，朱敦儒的朋友就来劝他，说现在天子虚席以待，静候贤能，希望能够振兴国家。你看"谯定召于蜀，苏庠召于浙，张自牧召于长芦"，他们都出山来为国家效力，这是名动京城、声扬四方的好事，为何你就偏要住茅屋吃野草，老死山林呢？朱敦儒觉得此言有理，于是决定出山。

到了京城后，高宗举行殿试，朱敦儒长谈阔论，见解明畅，高宗非常高兴，赐朱敦儒进士出身，任命他担任秘书省正字一职。"秘书省正字"属于文职类，相当于文馆的编辑，虽职位不高但赐进士出身，也等同于"名流"了，仕途的星光大道得以徐徐铺开。时逢南渡初年，朝廷里"主战"与"主和"的声音此起彼伏，朱敦儒选择坚定地站在主战派的阵营中，他内心复国的火焰渐渐点燃，写了很多感时忧愤，富有现实意义的词作。

绍兴十九年（1149），有人弹劾朱敦儒，说他有异端学说，并与李光勾结。李光是南宋名臣，但与秦桧不和。可想而知，朱敦儒因此受到牵连。

就朱敦儒来说，入官场的根本原因，一是受了亡国之痛的刺激，二是中兴国家的愿望使然。但就现实情况看，步入仕途无异于误落尘网：他既无法再追求"清都少年"的自由，也不能完成"刘郎主战"的理想。于是，朱敦儒上书请去，高宗准许还乡。

如果就此解脱倒也是件幸事，尴尬就在于，朱敦儒刚辞官不久，受秦桧胁迫再次出仕，毁了一世的"清名"。

关于朱敦儒"复出"一事，史书上曾有过描述。说当时秦桧当国，喜欢附庸风雅，愿意任用文人墨客，借此粉饰太平。秦桧的儿子也非常喜欢作诗，仰慕朱敦儒，所以"曲线救国"，先任命朱敦儒的儿子为官，然后再任朱敦儒为鸿胪少卿。朱敦儒父爱爆棚，护子心切，自己也已暮年，不想被流放，所以才"晚节不保"出来做官。结果没几年秦桧就死了，朱敦儒随之再被免官。

短暂的出仕竟然成了朱敦儒"平生最大的污点"，很多人为其叹惋。但细想起来，现实中人，能不屈于权势固然可嘉，能顺势而为明哲保身也属常理。明末清初，很多名流学者出仕清廷也是受时局胁迫，像吴梅村因为高堂在上不堪其扰也在清朝做了几年官，但摆过姿态后，很快就辞职还乡了。凡此种种，皆人之常情，或可理解。

晚年的朱敦儒恐怕也是参透了这份世态炎凉，才安心过着自己的隐居生活。

摇首出红尘，醒醉更无时节。活计绿蓑青笠，惯披霜冲雪。

晚来风定钓丝闲，上下是新月。千里水天一色，看孤鸿明灭。

——《好事近·渔父词》

从潇洒的"少年郎"变为沧桑的"刘郎已老",从出仕南宋辞官变为"复出"又被罢免,几次转身之后,朱敦儒终于能够跳出红尘,过自己内心一直渴望的生活了。山水风物,不仅有晚来、风定、新月,还有醉了醒了都不知时节不需多虑的自在,更有那水天一色中独钓江天的畅快。

在阅遍人世历尽繁华后,朱敦儒的词有了质的飞跃与回归。"回归"是说他再次回到内心世界,清雅的山水风物依然任由他指挥,犹似当年飘逸浪漫的"清都少年"。而"飞跃"是说他的词已经超越了世俗生活的喜怒哀乐,从"词境"中提炼出了一种永恒悲凉的美感。

> 堪笑一场颠倒梦,元来恰似浮云。尘劳何事最相亲。今朝忙到夜,过腊又逢春。
>
> 流水滔滔无住处,飞光忽忽西沉。世间谁是百年人。个中须著眼,认取自家身。
>
> ——《临江仙》

少年看山水,山水都是山水,似乎真有容纳天地万物的胸怀,指挥风云雷电的魄力。然而,人到中年,经过了尘世蹉跎，看惯了尔虞我诈，读懂了无可奈何，才知道自由对于生命的宝贵。梦想随着无情的现实慢慢缩小，但内心的天地却随岁月变迁而日渐开阔。及至老年，那山水依然是山水，但流水滔滔，飞光忽忽，看破后，才知人生不过是颠倒的梦境，世事不过是百变的浮云。这其中，来来去去，忙忙碌碌，"今朝忙到夜，过腊又逢春"。每天从早忙到晚，过了寒冬腊月又是春暖花开；昼夜交替，四季更迭，从不因尘世的熙熙攘攘而驻足停留。这是朱敦儒的词旨，又何尝不是人生的真谛！

如果说少年的朱敦儒多的是潇洒和浪漫，那么晚年的朱敦儒多的便是旷达和超脱。同样是山水，却挥洒出不一样的风致。语味淡远悠扬，更添凝练隽永。

> 世事短如春梦，人情薄似秋云。不须计较苦劳心，万事原来有命。
>
> 幸遇三杯酒好，况逢一朵花新。片时欢笑且相亲，明日阴晴未定。
>
> ——《西江月》

　　日日深杯酒满，朝朝小圃花开。自歌自舞自开怀，无拘无束无碍。

　　青史几番春梦，红尘多少奇才。不须计较与安排，领取而今现在。

——《西江月》

　　朱敦儒在《念奴娇》词中曾写道："老来可喜，是历遍人间，谙知物外。看透虚空，将恨海愁山一时接碎。"因为历遍人间，看透虚空，才能将从前的愁山恨海都捻碎了，让爱与怨都随时间慢慢消化。所以，在这两首《西江月》中，朱敦儒写下了这样的价值观——人生苦短，"世事短如春梦"；世态凉薄，"人情薄如秋云"；功名利禄，"青史几番春梦，红尘多少奇才"。

　　放眼望去，人生终会烟消云散，所有的一切都不过是片刻的欢笑。

　　所以，杯中有酒，园中有花，就不需计较，不用安排，万事自有天命。活在当下，最应把握的就是现在！

　　虽然后人时有评论说朱敦儒晚年词作略显消极颓废，但谁也无法否认他拆穿人生真相的勇气和达观知命的智慧。

　　　　古涧一枝梅，免被园林锁。路远山深不怕寒，
似共春相趓。

　　　　幽思有谁知，托契都难可。独自风流独自香，
明月来寻我。

　　　　　　　　　　　　　　　　——《卜算子》

　　这首《卜算子》可说是朱敦儒晚年生活的真实写照。
他躲避尘世，独自风流，犹如古涧香梅，散发着幽然的暗
香，唯有清风明月能够探得他无穷心事。后代陆游那首
著名的《卜算子·咏梅》，其意境与用词，皆脱胎于该词。
可见，即便路远山深，灵魂的香气，也终会吸引到不畏苦
寒的知音。

　　朱敦儒卒于绍兴二十九年（1159），后人慕其潇洒通
透，尊其为"词仙"。

江山美人
久别成悲

——姜夔

　　姜夔生于南宋高宗绍兴二十四年（1154），小时候随父亲住在汉阳（今湖北武汉）。十四岁父亲去世后，他只得依靠姐姐生活，直到成年。二十岁左右开始参加科举考试，十年间连续考了几次均名落孙山。因为没有正式的仕宦身份，所以姜夔的生活始终漂泊不定。在游走四方的经历中，令他始终萦怀并被后世屡屡提及的就是那段刻骨铭心的爱情。

　　那年，二十岁的姜夔客居合肥，认识了一个姑娘。夏承焘先生曾考证，姜夔遇到的可能是两个姑娘，一对姐妹花。不论哪种说法，都可称之为"合肥女子"。合肥女子擅弹琵琶，与姜夔非常投缘，之后常有往来，这份情谊就此结下。姜夔一生留词八十多首，其中二十多首词（约有四分之一）谈的都是这段情事，可见合肥女子在姜夔心中的地位。

不过，对年轻人来说，爱情固然重要，但国仇家恨这种宏大话题，似乎更容易触动心事。宋孝宗淳熙三年（1176）冬至这一天，二十三岁的姜夔路过扬州，看到这里满目疮痍，一片荒凉。此时距离北宋灭亡已近五十年，但姜夔来到这里依然感慨万千，于是吟咏下这首千古名篇《扬州慢》：

> 淮左名都，竹西佳处，解鞍少驻初程。过春风十里，尽荠麦青青。自胡马窥江去后，废池乔木，犹厌言兵。渐黄昏，清角吹寒，都在空城。
>
> 杜郎俊赏，算而今、重到须惊。纵豆蔻词工，青楼梦好，难赋深情。二十四桥仍在，波心荡、冷月无声。念桥边红药，年年知为谁生？

姜夔精通音律，一生有十七首自度曲，《扬州慢》是最早的一首。在这首词的前面，姜夔加了个小序讲创作的缘起：冬至那天姜夔路过扬州，前一晚下了雪，第二天早晨天气初晴，放眼望去，到处都是荠麦。等到入城后，四顾萧条，寒水自碧。扬州本是淮左名都，是非常富饶繁华的城市，"腰缠十万贯，骑鹤下扬州"，在姜夔的心里，扬州应该是舞榭歌台，春风十里。结果如今的扬州，早已不是杜牧笔下的珠帘画栋，而是满目疮痍，废池乔木。天色渐渐暗下来，周围有戍兵吹起了号角，在姜夔听来，真是无限悲鸣的声音。遥想前人笔下昔日的繁华，再看如今的破败凄凉，抚今追昔，深觉内心创痛，于是自度曲，创作了首《扬州慢》。

很多人对这首词称赞有加，像陈廷焯就曾在《白雨斋词话》中说："'犹厌言兵'四个字，包含无限伤乱语，他人累千百言，亦无此韵味。"因为连毫无生命力可言的"废池乔木"都已经厌倦了战争，更何况是城中的百姓，鲜活的生命！所以不止陈廷焯，很多人都对姜夔的这首词非常喜欢。姜夔在词的序言中，就提到了千岩老人觉得这首词有"黍离"之悲。当然，姜夔写《扬州慢》的时候，还不认识千岩老人，序言中的评价是后来加进去的。姜夔之所以重视这个人的看法，是因为这个人改变了姜夔的人生轨迹。

千岩老人，原名萧德藻，与范成大、陆游、杨万里等诗人齐名，时人评价他"文学甚古，气节甚高"。1186 年，姜夔遇到了萧德藻。萧德藻读过姜夔的诗词，非常欣赏这个青年，但自己没有女儿，于是就提出把哥哥家的女儿许配给姜夔。

姜夔这个时候已经三十三岁，因为之前始终没有仕宦的身份，连生计问题都无法自足，故而一直游走四方，漂泊为生。他虽与合肥女子有感情基础，但没有能力厮守终生。所以，姜夔同意了婚事，娶了萧德藻的侄女。是年冬，萧德藻要调往湖州，萧家举家迁移，姜夔也在随行之列。

宋孝宗淳熙十四年（1187）元旦，船过金陵，姜夔在船上梦到了昔日的恋人，有感而作：

> 燕燕轻盈，莺莺娇软，分明又向华胥见。夜长争得薄情知，春初早被相思染。
>
> 别后书辞，别时针线，离魂暗逐郎行远。淮南皓月冷千山，冥冥归去无人管。
>
> ——《踏莎行》

在这首词里，姜夔开篇就写下对恋人的回忆：轻盈的体态，娇软的声音，昨晚分明又在梦中与她相见。她埋怨我这样的薄情郎，如何懂得长夜寂寞的苦楚。可是谁知道，春天才刚刚开始，我已经早早沾满了相思情。下片写女子的深情，离别后寄来的书信，离别时缝制的衣衫，都时时刻刻留在身边。她像"离魂"的倩女一样，始终追随我的脚步，与我同行在山水之间。淮南皓月下，千山清冷寂寞，可怜的心上人黯然归去，孤苦伶仃，无人照顾。

诚如沈祖棻先生在《宋词赏析》中所述，这首词"上片是怨，下片是转怨为怜，有不知如何是好之意，温厚之至"。尤其是最后两句"淮南皓月冷千山，冥冥归去无人管"，写得尤其体贴细腻。谁在寒山冷月中与她为伴，谁在早春长夜里拥她取暖？那种缠绵悱恻的惦念，缕缕不绝的情丝，非要用真心动真情，才能详尽这份关怀。两宋文人中，用情如此深切真挚的，姜夔堪称第一人。因此，他的词具有非常真实的感人的力量。舟行江上，姜夔虽然新婚晏尔，随萧家迁徙，但内心深处，感情也是非常复杂的。在毫无经济来源的情况下，娶萧德藻的侄女为妻，某种程度也是无奈之举。

因为这份难言的尴尬之情，姜夔一生存词八十余首，却没有只言片语是留给妻子的，而铭记于心萦绕于怀的始终是合肥女子。绍熙二年（1191），三十八岁的姜夔回到了合肥，在那里，终于见到了合肥女子，无数次魂牵梦绕的人，匆匆相见，匆匆离别。

> 钗燕笼云晚不忺，拟将裙带系郎船。别离滋味又今年。
>
> 杨柳夜寒犹自舞，鸳鸯风急不成眠。些儿闲事莫萦牵。
>
> ——《浣溪沙》

这首词作于辛亥正月二十四日姜夔与合肥女子离别之时。上片写女子的情态和心情，她用燕状的发钗将头发梳拢，晚来梳妆，却难掩满面愁云。离别在即，多想用裙带系住情郎将走的小船，不忍离别，却又离别，这痛苦的滋味再次涌上心头。"又今年"三个字暗示了离别已非一次，实在沉痛。

下片写词人安慰之语。你看那杨柳在寒夜里独自起舞，你瞧那水里的鸳鸯在疾风中无法安眠。不如意总是常有的，这些暂时的分离都是小事儿，不要太介怀。语言平实质朴，但也深切动人。字里行间充满了对恋人的依依不舍和温柔体贴的宽慰语。

"聚散无常"本是安慰恋人的平常语，但世间多有平常语，却少有平常事。自这日与合肥女子分开后，姜夔竟再未见过她。一个转身，竟成永别。等姜夔再回到合肥时，这位女子早已嫁作他人妇。"人生只此一回逢"，化为语言是灵巧生动的，变为现实却满是遗憾。未来的岁月里，姜夔四处流浪，依然居无定所，但内心的这份感情却成了他永久的珍藏。

宋宁宗庆元三年（1197）元宵节前后，四十四岁的姜夔一口气写下四首《鹧鸪天》，祭奠自己的情事。其中两首为：

> 巷陌风光纵赏时，笼纱未出马先嘶。白头居士无呵殿，只有乘肩小女随。
>
> 花满市，月侵衣，少年情事老来悲。沙河塘上春寒浅，看了游人缓缓归。
>
> ——《鹧鸪天·正月十一日观灯》

　　肥水东流无尽期，当初不合种相思。梦中未比丹青见，暗里忽惊山鸟啼。

　　春未绿，鬓先丝。人间别久不成悲。谁教岁岁红莲夜，两处沉吟各自知。

　　　　　　　　　　　　　　　　《鹧鸪天·元夕有所梦》

　　元宵佳节是繁华热闹喜庆的节日，尤其对年轻人来说，正是赏花灯逛花市的好机会。"宝马雕车香满路"，"众里寻他千百度"，"花市灯如昼"，"人约黄昏后"，满满的浪漫与快乐。但热闹是别人的，属于那些未经坎坷、生活平顺的人。李清照说："如今憔悴，风鬟霜鬓，怕见夜间出去"，群体的狂欢常常更易衬出个体内心的孤独。姜夔亦如是。

　　姜夔一生布衣，生活坎坷，没有固定的经济来源，只能做门客，四处投靠，依傍别人来生活。萧德藻当年很欣赏姜夔，曾把姜夔引荐给杨万里。大诗人杨万里也很看重姜夔，又把姜夔引荐给范成大。姜夔自序说："四海之内，知己者不为少矣。"但姜夔也说："而未有能振之于窭困无聊之地者。"四海之内皆兄弟，认识的朋友不少，引为知己的更多，但能真正彻底解决他生计问题的人却没有。

只有一个人是例外，那就是张鉴张平甫。绍熙四年（1193），姜夔结识了张平甫，姜夔说："其人甚贤，十年相处，情甚骨肉，而某亦竭诚尽力，忧乐关念。"他与张平甫相处了十年，情同手足。张平甫想给他出资捐官，姜夔辞谢。张平甫又想割锡山之地送给姜夔，不知道什么原因，也没有办成。所以等到张平甫谢世，姜夔怅然若失，生活再次陷入困境。

姜夔是非常有才华的人，他的诗作词作都得到过多方的认可，自己也有考取功名的想法，只是无奈几次都名落孙山。如果他愿意迎合一下世俗，同意张平甫的建议，捐资买个一官半职，恐怕其后来的生活就会好过很多。但儒家思想根深蒂固的传统文人，总是力求保持人格的完美和气节的纯正，常常会在"曲与直"的细节上纠缠过多。这样做固然保全了名誉和声望，但此生的颠沛流离也是在所难免。

姜夔说"少年情事老来悲"，但也说"人生别久不成悲"。也许，对于爱情和事业的选择，他的心里早已有了妥帖的安置。南宋词人张炎非常欣赏姜夔的词，说："姜白石词如野云孤飞，去留无迹。"而这张炎，恰好是张平甫的后人。所谓生生不息的缘分，恐怕这也算作是一种。

宋宁宗嘉定十四年（1221），姜夔死于杭州。彼时的他，已经穷困到没钱安葬的地步。词友们解囊资助，才得以将他安葬在杭州钱塘门外。姜夔以布衣始，以布衣终。这样才名轰动又终身落魄的布衣文人，史所罕见。

因曾给奸佞贾似道写词而屡遭诟病，其作品因"晦涩难懂"而不被词学家们欣赏，自南宋末年开始，就不断有人批评他的词，虽辞藻华美绚丽，但缺乏内在的逻辑性，语言呈碎片化。"吴梦窗词，如七宝楼台，炫人眼目，碎拆下来，不成片段。"这是宋末词人张炎对他作品的评价。此观点影响深远，直到清代，才有词学家开始意识到他的词"运意深远，用笔幽邃，炼字炼句，迥不犹人"，由此开启了对梦窗词的全新解读。这位饱经争议的词人就是吴文英。

吴文英生于南宋，字君特，号梦窗，《宋史》无传，一生未第，终身游幕。对古代文人来说，如果不能进入仕途，通常只能做幕僚，依人而生。当然，像陶渊明那样愿意亲近自然、躬耕田地的人，就会多一条人生道路。但"归园田居"这种乐观的心态不是人人都能持有的。"种豆南山下，草盛豆苗稀"的农事，在古代读书人眼中，属于"劳力"的范畴，不但得不到体面和尊重，还要付出艰辛的劳作。所以，很多人宁愿选择做官员的幕僚、贵族的门客，以此解决生计问题。姜夔布衣终生，曾依靠着萧德藻、范成大等人。吴文英始终未第，也是依靠达官贵人来生活。

　　自食其力虽然有些辛苦，但得来的果实稳定而踏实；相反，依人而生虽四体清闲，但精神上诸多劳顿，情感上屡有颠簸。羁旅是常态，倦意是常情，漂泊是常见的主题。这一点上，吴文英也不能例外。

　　　　片云载雨过江鸥，水色澹汀洲。小莲玉惨红怨，翠被又经秋。
　　　　凉意思，到南楼，小帘钩。半窗灯晕，几叶芭蕉，客梦床头。
　　　　　　　　　　　　　　　　　——《诉衷情》

　　秋天的雨随着云飘来，也随着云散去，空蒙的水色中，有江鸥飞过。荷花已经枯萎，只剩下荷叶铺在水面上。吴文英炼词非常讲究，他用"红怨"说花的颜色也说花的败落，用"翠被"指叶的颜色也指叶的情态，像被子一样铺在水面。上片结句说"又经秋"，下片起笔顺势写"凉意思"，承接得非常自然。客居"南楼"，秋天的凉意渐渐升起。窗内是孤灯残影，窗外是残荷芭蕉，这样的气氛中，梦里全是满满的思乡。

羁旅天涯，睹物怀人，每逢秋天更会增添忧伤。吴文英一生游幕，四方闯荡，来去间，心灵也变得格外敏感。

> 何处合成愁？离人心上秋。纵芭蕉、不雨也飕飕。都道晚凉天气好，有明月、怕登楼。
> 年事梦中休，花空烟水流。燕辞归、客尚淹留。垂柳不萦裙带住，漫长是、系行舟。
>
> ——《唐多令·惜别》

词人开篇即问：什么才是"愁"呢？就是离别之人心上的秋天。一层秋雨一层凉，即便没有秋雨，秋风吹动芭蕉，离人的心里也是冷风阵阵，情思片片。都说"天凉好个秋"，吴文英却害怕，怕在这秋夜里明月下独自登楼。

往事如梦，花落水长流。"群燕辞归"，唯独他这样的人还客居异乡。丝丝柳条，系不住她将要远行的裙带，却绊住了词作者的脚步。

"离别"在古代是沉重的话题，山水缥缈，并无其他便利的交通工具。除鸿雁传书外，也无便捷的通信手段。不知道哪一次的告别可能就会变成永别。杜甫曾感慨："少壮能几时，鬓发各已苍。""明日隔山岳，世事两茫茫。"尘事沧海桑田，人生聚散无常。尤其当依依惜别的不是朋友而是自己的恋人时，伊人远去，身不由己不能追随，太多的缠绵悱恻，无尽的纷乱思绪，更是郁结于心，无处排遣。所谓"离人心上秋"，既有"秋心"二字合成"愁"的表意，也有"心如清秋"的孤寂和落寞。这曲折婉转的心境，妥帖恰当的形容，由此成为对"离愁"的经典诠释。

吴文英特殊的人生经历给了他独特的体验。他一介布衣，出入侯门，所见所感都与常人不同，落到作品里，就能看出格局和气度。

三千年事残鸦外，无言倦凭秋树。逝水移川，高陵变谷，那识当时神禹。幽云怪雨。翠萍湿空梁，夜深飞去。雁起青天，数行书似旧藏处。

　　寂寥西窗久坐，故人悭会遇，同翦灯语。积藓
残碑，零圭断璧，重拂人间尘土。霜红罢舞。漫山
色青青，雾朝烟暮。岸锁春船，画旗喧赛鼓。

——《齐天乐·与冯深居登禹陵》

　　这首词起笔就是"三千年事残鸦外"，将手中的长镜头推向遥远的历史，气度高远，历史长空的壮阔马上跃然纸上。从这样的视角来看当下，便能对沧海桑田的巨变有所释然。高岸陷落下去变成深谷，深谷又涌起变成山陵，三千年间的天地，恐怕夏禹再生也要震惊于此。如今，三千年后的吴文英，倚着秋天的树，默默地注视着禹陵，遥想三千年前大禹的神迹，看眼前雁过青天画出优美的弧线，仿佛是当年禹王藏书留下的文字。

　　归来，寂寥西窗边，与朋友同剪灯语。想起白天见到的"零圭断璧"。相传禹庙里的玉石都是几千年前遗留下来的宝物，如今拂去上面的尘土，好让它们重现人间。又想着，等秋天过了，红叶凋零，徒留下青青山色，晚烟晨雾。变的是自然，不变的也是自然。吴文英将历史与现实

妥帖地糅合到一处，碎碎絮语便将古今之变轻轻道出。

　　吴文英的词都有这个特点，看似不相关的景物，仔细观察就会发现内在的顺序——情感的顺序，思想的顺序，逻辑的顺序。他不是随便选取这些意象的，而是前后化用，彼此照应，完成他所讲的内容。比如这首词，开篇说"无言倦凭秋树"，中间讲登禹陵，然后与朋友剪烛西窗，谈历史的往事，也谈人生的往事。有霜叶由红至黄的"动"，也有青青山脉"不动"的绿色。词的结尾已由秋转春，"岸锁春船，画旗喧赛鼓"，又是嘈杂热闹人声鼎沸的春天！四季轮回，周而复始。春秋推演，亘古不变。这种以"思力"精心编织的秩序，正是吴文英笔法的独特之处。

　　另有《八声甘州·陪庾幕诸公游灵岩》也是怀古佳作：

　　　渺空烟四远，是何年、青天坠长星？幻苍崖云树，名娃金屋，残霸宫城。箭径酸风射眼，腻水染花腥。时靸双鸳响，廊叶秋声。

　　　宫里吴王沉醉，倩五湖倦客，独钓醒醒。问苍波无语，华发奈山青。水涵空、阑干高处，送乱鸦、斜日落渔汀。连呼酒，上琴台去，秋与云平。

如果说《齐天乐》描写的多是历史的盛衰，那么《八声甘州》中更醒目的则是个人的感怀。但两首词都有着高远的意境，璀璨的想象力。

吴文英说，在虚空缥缈的远古，不知道是何年何月，从青天上掉下来一颗星，落在地上，幻化出人与景色，幻化出缤纷的世界。先是幻化出苍翠的山崖、白云环绕的树木，然后是西施那样的美人，还有沉湎于酒色先称霸后被灭的吴王夫差。侧耳倾听，好像是美人木屐踏在廊上的余音，又像是秋叶被风吹动的飒飒声。在吴文英打开的时空里，雾霭迷离的荒野，四海八荒的尘寰，这颗星，这座山，不仅幻化出自然的景物，也变化出纷繁的尘世。这其中，范蠡是清醒的人，懂得功成身退，而吴王却在沉湎中堕落、亡国。

"问苍波无语，华发奈山青。"这是吴文英对历史的追问，也是他对现实的反思。他说想问问东流的水，到底是什么主宰了盛衰的规律，但江水无言，兀自东流去。人生重重困惑，历史层层谜团，随时间匆匆滑过，只留下满头白发的词人，无奈地对着依旧苍翠的青山。吴文英在这首词里，展开的是历史的想象，抒发的却是对南宋统治者耽于享乐的忧虑。全词立意深远，布局开阔，意境奇幻，实是怀古词中的佳作。

同是咏史，姜夔因生在南宋中期，对北宋灭亡的伤痛感和南宋衰落的危机感都不强烈，所以词风清空纯雅。而吴文英生活的时间大致在公元 1200 到 1260 年，距离南宋灭亡的时间已经非常接近，所以对南宋统治者安于现状，甘于堕落颓废，感触强烈。某种程度上，也是这日益逼近的忧患意识，成就了吴文英深婉细密的语言、辽阔悲壮的风格。

可惜，金无足赤，吴文英的词虽然非常出色，但在很长一段时间里都不被重视，追根究底，主要是词学家们对他的"道德"批判，因为他曾给贾似道写过词。

贾似道在《宋史》中被列入《奸臣传》。他领兵出战蒙古，毫无军事经验，却投机取巧，欺上瞒下，私下跟蒙古约定，纳币称臣以平息战争。但在宋理宗面前，贾似道颠倒黑白，说自己打败了蒙古，战事连连"报捷"。其玩弄权术和贪污腐败的程度令很多人不齿。而且，这个贾似道还与吴潜有很深的恩怨。

吴潜是宋宁宗时期的进士，为人耿直。宋理宗时，蒙古军兵临城下，贾似道等求和派一再怂恿理宗迁都，但是吴潜力劝皇帝不能迁都，唯恐失去民心，这才最终守住了南宋半壁江山。除了"战和之争"外，吴潜还曾上书弹劾贾似道同党弄权误国，被贾似道记恨在心。后来宋理宗听信谗言，将吴潜贬官外放。贾似道贼心不死，趁机派心腹将吴潜毒死了。

很多人都知道吴文英是贵族的门客，而他依靠的人主要是两个：一是嗣荣王，吴文英给嗣荣王写过祝寿词，描写寿宴的奢华，王府的气派，在祝寿词里算是很有艺术价值的。另一个就是被贾似道毒杀的丞相吴潜。所以，很多人不喜欢吴文英，就是因为他曾写词酬答贾似道。

某些时候，某些场合，人会迫于形势做些不得已的事。当时的一些词人迫于权贵势力都给贾似道写词，吴文英声名在外，更是不能不写。吴文英虽然有才华，但毕竟只是依人而生的门客，性格上还是比较软弱的。但很多人写的词极尽奴颜媚骨，吴文英的词里却没有阿谀逢迎，都只是表面的应酬语。不过古人讲究君子"守身如执玉"，虽然吴文英也为吴潜写过四首感情非常真挚的词，可世人眼中，他还是给自己的名誉留下了瑕疵。

在吴文英的世界里，三千年历史往事终是虚无缥缈，一百年苦短人生何尝不是左右为难。或许，这就是所谓的命运吧。

吴文英因词作晦涩难懂被称为"词中李商隐"。他过世十几年后，南宋就灭亡了。

流光容易
把人抛
——蒋捷

　　蒋捷，号竹山，生于南宋末年，约 1245 年，其先祖据传是阳羡（今江苏宜兴）巨族，咸淳十年（1274）中了进士。家世好，才学高，又进士及第，实在年轻有为。锦绣前程光芒四射，未来写满了幸福的样子。一切，似乎都在意料之中。

　　但一切都不能自主，尤其是苦难。

　　1276 年，元军攻占了南宋都城杭州，五岁的恭帝被俘。陆秀夫、文天祥、张世杰等人拥立刚满七岁的赵昰为端帝，继续南逃。颠沛流离的逃难生涯，令小皇帝惊惧难安，结果不慎落水，虽被救起，但由此落下病患，不久便病逝了。1278 年，年仅六岁的赵昺即位，是为幼主。紧接着，文天祥被俘，张世杰战败沉船，南宋已无力对抗。1279 年，崖山海战失败，陆秀夫有志报国，无力回天，身背幼主跳海而死，南宋随之灭亡。历史的大手就这样不由分说地将赵宋王朝推进了坟墓。

随之陪葬的，不仅有三百年的繁华，还有无数鲜活生命的平凡人生。蒋捷，正是其中之一。

本来华丽丽的人生就这样被断送了，国破家亡，刚刚步入官宦生涯的蒋捷，顿时从"天之骄子"变身为"天涯倦客"。由于拒不出仕，他只好过起隐居的生活，漂泊无依的感情从此荡漾在他的作品中。

> 一片春愁待酒浇。江上舟摇，楼上帘招。秋娘渡与泰娘桥，风又飘飘，雨又萧萧。
>
> 何日归家洗客袍？银字笙调，心字香烧。流光容易把人抛，红了樱桃，绿了芭蕉。
>
> ——《一剪梅·舟过吴江》

颠簸的生活，离乱的情意，风雨中的故国，此刻都荡漾在江上，弥漫在春天的愁绪中。船在江上摇，满怀的春愁无从倾诉，但见岸上，酒楼帘幕随风摇摆，仿佛招揽宾客。自己的心里也升起借酒消愁的念头。"秋娘渡与泰娘桥"，一路美景都入不得眼，只觉得风萧萧而过，雨飘飘而来，风雨入心，寒气入骨。

宋亡之后，蒋捷隐居在姑苏一带，风雨漂泊，无所依傍。此番船过吴江，春和景明，但在蒋捷看来，自己的人生真如这飘摇在江上的小舟般游移不定，前路茫茫。所以，即便春色明艳动人，还是透出词作者满满的忧愁。

什么时候才能结束羁旅生涯，回到家里去洗净这身流浪四方的"客袍"呢？调着带银字的笙，烧着带心字的香，跟家人团圆，与朋友重逢。流光最是无情，时间过得飞快，轻易便将人"抛弃"。樱桃红了，芭蕉绿了，春复又夏，自然界的变化总是简简单单，但对普通人来说，却无法再追回青春。最后这三句，既有"天涯倦客"独特的惆怅，也有"年华易逝，时光不再"所带来的永恒的感伤，加上押韵工整，节奏感强，所以一直是传唱千古的佳句。蒋捷更因此得了"樱桃进士"的雅号。

宋代文人常因作品扬名而得各式绰号，有"山抹微云秦学士"（秦观），也有"露花倒影柳屯田"（柳永），有风流才子"张三影"（张先），也有"红杏尚书"宋祁。这些雅号有的只是玩笑，但某种程度上也能说明他们的风雅。

不过，轮到蒋捷这里，"樱桃进士"已是亡国破落的流浪儿，再不是醉酒欢乐后的谈资，或诗文唱和时的诙谐逗趣。可见，大历史离小人物虽远，但依然会在每个人身上留下烙印。

　　蒋捷在宋亡后写了很多抒情的词，看似清新明快，实则感情深婉含蓄，总是略带惆怅。

　　　　白鸥问我泊孤舟，是身留，是心留？心若留时，何事锁眉头？风拍小帘灯晕舞，对闲影，冷清清，忆旧游。

　　　　旧游旧游今在否？花外楼，柳下舟。梦也梦也，梦不到，寒水空流。漠漠黄云，湿透木棉裘。都道无人愁似我，今夜雪，有梅花，似我愁。

　　　　　　　　　　　　　　　　——《梅花引·荆溪阻雪》

　　荆溪是蒋捷的家乡，外出或归家，常常要经过这里。此番遇雪，行程受阻，蒋捷有感而发，写下这首词。上片起笔，他便给自己的经历插上了想象的翅膀。白鸥看到我泊船岸边，忍不住问我：是因为下雪，你不得已留下来，还是你主动选择，愿意留下来的？如果是你自己想留下来的话，又是所为何事紧锁眉头呢？

开篇不写行程受阻的懊恼，不写雪大路滑的艰难，而写白鸥与自己的对话，看似闲笔，却反衬出行者的寂寞和孤独。夜风袭来，将船舱的帘布吹开，舱内灯火晃动，只有我孤单的影子随着烛光摇摆。冷冷清清的气氛里，忽然想起从前和朋友游玩的情景。

下片直接由"旧游"的主题转入，不禁追问，曾经一起游玩的朋友，现在都在哪里呢？当年结伴出游，春花烂漫，禁不住在楼台间逗留；绿柳依依，忍不住泛舟游湖。现在想起来真是梦一样的场景。哪怕做梦回味一次也是好的，可惜梦也梦不到。唯有眼前寒水依旧空流。漫天飞雪打湿了棉衣，我却依然出神地站在雪中。都说没有人像我这样忧愁，但是今夜雪中的梅花，似乎与我一样忧愁。

这首《梅花引·荆溪阻雪》语言轻巧，意境清幽，既有对往事的明媚回忆，也有对当下深沉的愁绪。上片以问答式开端，下片以自问自答式领起，以如今孤独寂寞的"泊孤舟"对应当年欢声笑语的"柳下舟"，在心留与身留的交织中，情景融合，真实自然。

　　蒋捷与周密、王沂孙、张炎并称为"宋末四大家"，其作品风格独特，语言朴实，节奏感强，读来朗朗上口，所以流传更广，影响更大。而且，他能将日常近似口语的文字编排得错落有致，起伏有序。"红了樱桃，绿了芭蕉"（《一剪梅·舟过吴江》），"花外楼，柳下舟"（《梅花引·荆溪阻雪》），"豆雨声来，中间夹带风声"（《声声慢·秋声》），这些词句像平常语，似家常话，仿佛与老朋友聊天般，就将往事、心事、去国旧事，都蓬蓬勃勃地写出来，让人唏嘘感叹之余，又能嚼出点永恒的味道。再如这首：

　　少年听雨歌楼上，红烛昏罗帐。壮年听雨客舟中。江阔云低、断雁叫西风。

　　而今听雨僧庐下，鬓已星星也。悲欢离合总无情。一任阶前、点滴到天明。

——《虞美人·听雨》

　　虽然很多词人都有描写"雨"的作品，但无疑，蒋捷的《虞美人·听雨》是同类作品中流传最广，最耐人寻味的。这首词共写了人生三个阶段"听雨"时的故事和感受。

少年时，他是世家子弟，灯红酒绿，醉生梦死，消遣和娱乐是生活的主旋律。壮年时，南宋灭亡，他是流浪四方的游子，是兵荒马乱的难民，是满腔悲愤的前朝进士，是失群独飞的天边孤雁。及至老年，他在僧庐下听雨，须发斑白，是看透尘世悲欢离合的慈悲老者，是饱经沧桑后渐渐顿悟的安静灵魂。阶前小雨，点点滴滴，直到天明。这是蒋捷对自己人生经历的深情回顾，也是他在颠沛流离的生活中沉淀出的人生智慧的结晶。

当然，这首词的魅力不止于此，其更深的内涵在于，它讲述的不仅仅是蒋捷一个人的故事，更是很多人都曾经历过的类似体验。少年天真贪玩，无忧无虑。中年求生艰难，胸中多有不平气。老年时，想到很多人生风浪不过转瞬即逝，无须在乎，不必多言，自然能于凄凉时生宁静，于寂寞处生惊喜。从"樱桃进士"到白发老翁，说到底，欣赏人生风景才是最重要的事。

这是《虞美人·听雨》留下的思考，也是"竹山先生"蒋捷，为后人留在绵延雨声里的关怀与守候……

兵荒马乱这种事对每个人都影响巨大。因为亡国，蒋捷好端端的"樱桃进士"，只得终身隐居，不问世事。因为亡国，原本是贵族的张炎，沦落到靠摆地摊来讨生活。颠沛流离的苦楚，国破家亡的悲怆，非经亲历，恐难体会。

张炎字叔夏，号玉田，1248 年生于南宋末年的名门望族，祖上是南宋著名武将张俊。张俊当年曾与岳飞、韩世忠、刘光世并称"南宋中兴四将"，很得宋高宗的赏识，死后还被追封为循王。而张炎正是这位循王的六世孙。世袭贵族的荣誉本应照亮张炎的未来，但个人的前途终究拗不过历史的命运。这种钟鸣鼎食之家，常常祸福相依。顺势时，荣华富贵犹如探囊取物；逆境来，华屋大厦随时会土崩瓦解。片刻间，生活就能翻天覆地。

1276 年，元军攻破临安，张炎的祖父张濡（张俊的玄孙）因部下曾误杀元使，被元军"磔杀"。这是非常残忍的刑罚，相当于凌迟。随后，家产被抄没，张炎从世袭体面的贵族，变成了家破人亡的流浪汉。人间惨剧，不过如此。

两年后，宋端宗景炎三年（1278），辗转偷生，到处漂泊的张炎路过韩侂胄故居庆乐园，感怀时事，心绪难平，写词吊之。

> 古木迷鸦，虚堂起燕，欢游转眼惊心。南圃东窗，酸风扫尽芳尘。鬓貂飞入平原草，最可怜、浑是秋阴。夜沉沉，不信归魂，不到花深。
>
> 吹箫踏叶幽寻去，任船依断石，袖裹寒云。老桂悬香，珊瑚碎击无声。故园已是愁如许，抚残碑、却又伤今。更关情，秋水人家，斜照西泠。
>
> ——《高阳台》

古木是说时间久远，虚堂是说此处无人，只有迷失在此处或偶尔飞出来的鸦雀。当年的胜景，转眼成空，欢游是往昔，惊心是当下。悲风扫尽芳尘，只因为正是秋天。

当年抗金名将韩侂胄被设计害死后，宋朝不顾国体尊严，"函首送金"，竟然将他的首级送到金国。所以，张炎在此处只能感慨其"归魂"。下片起笔，"断石""寒云"都是荒凉凄冷之景。故园到处都是愁绪，手触残碑，抚今追昔，只有深深的感伤。

这首《高阳台》作于 1278 年南宋亡国前退守崖山时。曾经的大好山河，仅存崖山一角，宋朝大势已去，灭亡的脚步日益逼近。张炎凭着对时局的判断，嗅到了在这飘摇动荡的岁月里，渐渐弥漫的不寻常的血腥。是年四月，端宗逝世，赵昺继位。五月改元"祥兴"，六月迁崖山。次年二月，南宋覆灭。

国破家亡后，张炎在江浙一带隐居。某日重游西湖，良辰美景，赏心悦目。又逢春深，柳絮轻轻落在湖面，密林叶子间藏着黄莺的巢穴，断桥游玩尽兴归来，斜阳日暮，泛舟返程。在如此秀美的湖光山色中，张炎却生出无限伤感。

接叶巢莺，平波卷絮，断桥斜日归船。能几番游？看花又是明年。东风且伴蔷薇住，到蔷薇、春已堪怜。更凄然，万绿西泠，一抹荒烟。

当年燕子知何处？但苔深韦曲，草暗斜川。见
说新愁，如今也到鸥边。无心再续笙歌梦，掩重门、
浅醉闲眠。莫开帘，怕见飞花，怕听啼鹃。

——《高阳台·西湖春感》

张炎说，赏花又要等明年了。春光且伴蔷薇来，蔷薇
开时，却已生春尽之感。当年的西泠桥畔多么繁华热闹，
如今却只剩一抹荒烟。下片起笔明写燕子失去故居，暗指
自己失去家园，也如一只无家可归的燕子。

燕本依人而居，如今屋毁，苔深草暗，旧时堂前燕飞
来飞去，不知该在何处休憩。再也无心续笙歌旧梦，不如
关起门来，浅醉闲眠。重帘不卷，因为不想看到纷纷落下
的飞花，也害怕听到杜鹃的阵阵悲鸣，唯恐这些自然的景
物在自己心上再添浓愁。

这首《高阳台·西湖春感》将故国之思、亡国之痛，
层层剥出，层层递进，真实地还原了朱门大户的贵族公子，
在国破家亡后的悲戚心情。陈廷焯在《白雨斋词话》中称
其"凄凉幽怨，郁之至，厚之至"。山河破碎，成为烙在
张炎心头的一块永恒的伤疤。

　　然而命运似乎并不想就此放过张炎，心上的伤疤好了一层便要揭一层。1290 年，应元朝的要求，张炎被迫北上，自杭州赴元大都（北京）抄经。亡国遗民的生活固然艰辛，但更痛苦的莫过于遗民的心路，尤其是对张炎这种国仇家恨纽结在一起的文人，一切反抗都显得徒劳。

　　行至大都，张炎心头的亡国伤痛再次袭来，他借景抒情，借"红叶"来比喻亡国遗民的苦楚。

　　　　万里飞霜，千林落木，寒艳不招春妒。枫冷吴江，独客又吟愁句。正船舣、流水孤村，似花绕、斜阳归路。甚荒沟、一片凄凉，载情不去载愁去。
　　　　长安谁问倦旅，羞见衰颜借酒，飘零如许。谩倚新妆，不入洛阳花谱。为回风、起舞尊前，尽化作、断霞千缕。记阴阴、绿遍江南，夜窗听暗雨。

　　　　　　　　　　　　　　　——《绮罗香·红叶》

　　上片起笔，"万里飞霜，千林落木"，既指天气萧索的寒冷，也暗示改朝换代后新政权的肃杀之气。停船靠岸，目睹红叶飞舞，片片红叶，载不了情，却可以载愁。借酒消愁，衰颜醉酒的脸，红得如枫叶一般。遗民的生活亦如晚霞中飘零的枫叶般无依无靠，凄凉苦楚。红叶虽曾有绿荫浓浓的时节，但此刻，也只能在寒夜的凄风苦雨中渐渐凋零。

张炎在这首词中，没有谈及任何关于亡国和遗民的话题，但片片红叶中却寄托了他的无穷心事。故国之思，深沉眷恋；身世之感，扼腕叹息。其一波三折处，令人读之难忘。有人说，张炎北上是受元朝胁迫抄经；也有人说，张炎此去本想谋职，但终究愿不能成。无论何缘由，第二年，张炎南归，继续自己的隐居生活。

有同样南归的朋友沈尧道来访，絮絮数日，又别去。张炎颇有感慨，兼为朋友饯行，于是作《八声甘州》，回忆北游事。

记玉关踏雪事清游，寒气脆貂裘。傍枯林古道，长河饮马，此意悠悠。短梦依然江表，老泪洒西州。一字无题处，落叶都愁。

载取白云归去，问谁留楚佩，弄影中洲。折芦花赠远，零落一身秋。向寻常、野桥流水，待招来、不是旧沙鸥。空怀感，有斜阳处，却怕登楼。

张炎回忆说记得当年北上抄经，寒风凛冽，踏雪艰辛。枯林古道，长河饮马，几个人在寒冬里冒雪前行，此意悠悠。如今回到江南，虽然那些受辱的经历已经过去了，但泪洒西州，还是生出无限的存亡之叹。友人来了又要回去，依依不舍的永远是离别的深情。折一枝芦花赠送给即将远行的友人，徒留我清冷孤寂，心如深秋。惆怅寂寞时，夕阳斜照，又添伤感。

这首词从友人的离情起笔，过渡到家国之感，从个体的寂寥心事中渗透出对身世的感怀和亡国的感伤，宁静舒缓中含着无奈的悲壮。所以沈祖棻先生称赞这首词："流畅而不纤，浑厚而不滞，玉田词中上乘也。"

在张炎的词作中，常有这种抚今追昔的寂寞，无依无靠的失落。毕竟，从贵族之家的破碎中挣扎出来，他的生活已经与从前截然不同。国破，家亡，人散，偌大的世界，就只剩下孤零零的自己。所以，当面对沈尧道这样志同道合的朋友时，张炎定是分外珍惜。

"楚江空晚。怅离群万里，恍然惊散。"（《解连环·孤雁》）这是孤雁失群的悲伤，也是自己飘零身世的感怀。
"漂流最苦。况如此江山，此时情绪。"（《台城路·送周
方山游吴》）这是张炎对自己全部心情最深刻的概括，也
是他寂寞隐居时最痛苦的心声。

　　张炎满腹才华，不仅与蒋捷、王沂孙、周密等人并称
为"宋末四大家"，也是非常著名的文学理论家。他所著
《词论》在词学理论，尤其是音律方面，为后人提供了丰
富的资料和富有意义的指导。可惜晚景不佳，一个世袭贵
族的后裔，最后沦落到不得不靠算命测字来维持生计，实
在凄凉至极。

　　张炎的词记录了自己的心路历程，真实地反映了南宋
灭亡前后贵族知识分子的悲惨遭遇和情感变化。从这个意
义上说，他的确是当之无愧的"南宋最后一位词人"。

余
韵

问世间情为何物

——元好问（金）

都说"诗言志，词言情"，此话不假。大约两万首的《全宋词》里，构建了宋代词人丰富多彩的情感世界。这里有李清照的"一种相思，两处闲愁"，也有欧阳修的"月上柳梢头，人约黄昏后"。有秦观的"金风玉露一相逢"，也有晏几道的"犹恐相逢是梦中"。有晏殊的"不如怜取眼前人"，也有苏轼的"十年生死两茫茫"。两小无猜、幽期密会、举案齐眉、中道离散、至死不渝……爱情作为人类永恒的主题，在宋词里真是得到了全然的释放与表达。

但一语道破天机的，却是"隔壁"聪敏的金国少年。

金章宗泰和五年（1205），十六岁的金国少年赴并州考试，路上听到一个故事。"今旦获一雁，杀之矣。其脱网者悲鸣不能去，竟自投于地而死。"捕雁人说今天捕到了一只雁，于是把它杀了。结果脱网的那只雁，悲鸣不已，盘旋不走，最后竟向下飞坠，触地而死。少年听后深受震动，特意买下这对雁，葬于汾水旁，并在近处垒起石块做标识，取名"雁丘"。与少年同行的人大多以此赋诗，少年也不例外，写下一首《摸鱼儿·雁丘词》：

> 问世间、情是何物，直教生死相许？天南地北双飞客，老翅几回寒暑。欢乐趣，离别苦，就中更有痴儿女。君应有语，渺万里层云，千山暮雪，只影向谁去？
>
> 横汾路，寂寞当年箫鼓，荒烟依旧平楚。招魂楚些何嗟及，山鬼暗啼风雨。天也妒，未信与，莺儿燕子俱黄土。千秋万古，为留待骚人，狂歌痛饮，来访雁丘处。

爱情是人类不朽的话题，同样也是人类永恒的疑问。问世间人：到底什么才是真正的爱情？竟然让两只雁生死相依。数次天南地北，几番寒来暑往，它们比翼双飞。有多少相伴的欢乐，就有多少离别的痛楚。这份痴情，让少年想到了人间的痴情儿女。孤雁如能倾诉，一定会说：此后的千山万里、层云暮雪，缥缥缈缈、孤孤单单，为谁奔波？为谁劳作？又为谁而活？！

当年汉武帝巡游时曾到过汾水一带，萧鼓齐鸣，热闹非凡，如今却寂寞清冷，尽是荒烟衰草。皇帝驾临的盛景如今早已消散在历史的云烟里，那什么才是能够流传千秋万古的永恒呢？在少年的眼中，自然是这对殉情的大雁。它们的深情连上天也会嫉妒，它们不会像普通的莺儿燕子般化为黄土。沧海桑田，物换星移，后世的文人墨客也会像我和我的朋友们一样，狂歌痛饮，来此祭奠这对殉情的爱侣。全词情真意切，深婉动人，既追述了前朝历史的虚幻，也遥想了未来生动的图景，情景交融，自然流畅，确为佳作。所以，很多学者根据小序"旧所作无宫商，今改定之"推断，可能原作《雁丘辞》最初是一首诗，晚年才被元好问改为可以配合音律的长短句，变更为"词"。

元好问，生于金章宗明昌元年（1190 年，字裕之，号遗山。相传祖先是鲜卑拓跋氏，北魏皇族后裔。元好问的远祖元结，在唐代是出了名的好官。到了父辈，因元好问的叔叔元格无子，在家中排行第三的元好问就被过继给了县令叔叔当儿子。元好问七岁开始写诗，被誉为"神童"。十六岁的元好问虽榜上无名，但写下了著名的《摸鱼儿·雁丘词》，也算一举成名，脱颖而出。家世、天赋、才华、名声，元好问集齐了宝藏人生的所有碎片，却唯独缺少了"天时"。

彼时的金国，虽然早在靖康之难后就攻下了汴京，但百年间风云变幻，形势早已不似当年。就在元好问写《摸鱼儿·雁丘词》的第二年，金章宗泰和六年（1206），铁木真统一蒙古各部落后称帝，建立蒙古帝国。这样一来，从北到南就出现了"三皇并立"的局面：北面是铁木真，也就是历史上的成吉思汗；中间是金章宗；南方是宋宁宗。巧的是，同一年，宋宁宗下诏北伐，金国腹背受敌。两年之后，泰和八年（1208），南宋北伐失败，宋金嘉定议和。局势看似安定下来，但十九岁的元好问"府试"依然未中。

又是两年后，元好问学成返回故里，自号"遗山山人"。是年，养父过世。再两年，元好问仍未考中。次年，蒙古兵攻破忻州，元好问的哥哥元好古惨死在屠城的战火里，元好问举家逃难，到处迁徙，居无定所。

往后的日子，大金国的运势更加不济，元好问的人生也走向低谷。三十而立，本该意气风发，但蒙古兵接连围攻，金兵节节败退。家破人亡、屡试不中，在生离与死别之中，在虚幻的希望与结实的绝望里，元好问一边躲避兵荒马乱，一边还要应对科考。三十多岁终于进士及第，又因科场纠纷浪费了宝贵的时间。

金哀宗正大八年（1231），元好问已经四十二岁，好不容易熬到调任汴京，但大金国的灭亡已经进入了倒计时。1233 年，蒙古攻破汴京。1234 年，蒙古攻破蔡州，金哀宗自杀，金末帝死于乱军之中，金国覆灭。大批金朝官员被俘虏、被押解、被囚禁，元好问当然也在其中。

被俘北上途中，元好问写下了著名的《癸巳五月三日北渡三首》：

道旁僵卧满累囚，过去骓车似水流。
红粉哭随回鹘马，为谁一步一回头？

随营木佛贱于柴，大乐编钟满市排。
虏掠几何君莫问，大船浑载汴京来。

白骨纵横似乱麻，几年桑梓变龙沙。
只知河朔生灵尽，破屋疏烟却数家！

惨烈的屠城，粗暴的烧杀劫掠，堆积如山的累累白骨，被俘北上的妇人们哭哭啼啼、踉踉跄跄，一步一回头。珍贵的木佛比柴火还要便宜，大乐署的编钟在沿街的摊位上贱卖。以为河朔之地已经生灵尽毁，却不料，疏烟淡淡，恍惚还有几户人家。血泪的控诉叠加了悲愤的谴责，人生的苦涩交织着历史的噩梦。

元好问是金元时期北方文学的代表人物，被尊为"北方文雄"，诗、文、词、曲俱佳。他的"丧乱诗"真实而又沉痛地描写了战乱给人们带来的灾难。他的词作更是可以比肩两宋名家。他虽然说"人生百年有几，念良辰美景，休放虚过"，"时自笑，虚名负我，半生吟啸"，却始终秉持"国亡史作，己所当任"的态度，全力搜寻编辑金国君臣诗词总集，取名为《中州集》。他曾为投降蒙古的崔立歌功颂德撰写碑文，为此抹去了宋徽宗的真迹，却再也抹不掉投机者的"政治污点"。可细想，生逢乱世，沿路有盗匪劫掠，家宅有官兵催租，强敌环伺，日月摧残，命悬一线，活着尚且不易，又何必苛责那颠沛流离下的忍辱偷生。

元好问诗文名气极大，元太宗耶律楚材曾想招纳元好问，但元好问并未出仕，只是在去世前几年觐见了忽必烈，希望忽必烈能尊奉儒学。1257 年，元好问走完了自己六十八年的人生。他的前半生是金国人，后半生属于元朝人，但骨子里的文化，却是儒家的。这可能就是"一代文宗"精神层面的复杂之处。

元好问虽然诗文、词、曲俱佳，但最脍炙人口的始终是十六岁那年写成的《摸鱼儿·雁丘词》。历遍尘世，重修旧作，晚年的遗山与雁丘旁的少年身心重叠：问世间，情问何物……是殉情的双雁，是怀念故国的遗民，是元好问一生走不出也回不去的梦。

多少年后，这句直指人心的判词又被写进了《神雕侠侣》。南宋末年，为爱痴狂不惜背叛师门的美少女最终还是变成了杀人如麻搅动江湖血雨腥风的女魔头。绝情谷底，情花丛中，烈焰里流淌着清泪，李莫愁绝望而又平静地祭出那句最能击穿人心的"利器"："问世间，情为何物，直教生死相许"……

金亡之后，南宋勉强维持了将近半个世纪。元好问过世二十二年后的 1279 年，大宋王朝才真正从历史的舞台谢幕。

而那些如珠似玉的宋词，却始终璀璨夺目地闪耀在历史的夜空。